U0930840

我的旅行方式

浙江出版联合集团
浙江文艺出版社

对一个细节的注目与体会，是决定你是否能记得一次旅行的重要因素。因为这个细节，甚至你记得了整个世界。

《我的旅行方式》

没有自己旅行的方式，即使走遍世界，也好似从未曾见到过它。

《捕梦之乡》

从地理上解读两大奇书《尤利西斯》和《哈扎尔辞典》。带着《尤利西斯》在都柏林城漫游二十四小时，追寻四处藏着，又无所不在的犹太人布鲁姆。跟随另一个犹太人优素福从梦乡去以弗所、塞尔柱古城、君士坦丁堡，沿着这些神秘的古城一路向北，直到塞尔维亚多瑙河畔的古老要塞和战场，带着《哈扎尔辞典》去寻找历史与虚构之间的捕梦之乡。

《咖啡苦不苦》

旅行中用来遮风避雨排解孤独的咖啡馆，其实也是人生散发着清洌苦味的教室。一杯甜若爱情、苦若生命、黑若死亡的热咖啡里，其实盛着人生。

《我要游过大海》

从没有一张旅游签证的国民，到世界最大量的海外游客，中国人用了十五年。2010年，爱尔兰旅游局根据此书路线专设中国游客文化旅行路线，爱尔兰总统麦卡利斯及丈夫马丁亲临新书发布会，并做专题演讲。中国旅行者从『会走路的钱包』，到拥有特设文化旅行路线，这是新的开始。

《北纬78°》

见证神迹的极地旅行，寻找到造物主留下的指纹，让人能回归成自然之子，安然接受自然的抚慰与秩序。

《两本俄罗斯日记》

一对夫妇在俄罗斯旅途中，各自记录下自己的所见所闻与所感所思，这两本日记本，在从莫斯科到北京的火车上放在一起时，才发现他们记录的竟是不同的世界。

《往事住的房间》

推开时间的房门，就能遇见早已堕入虚无中的往事正安然住在房间里。人们为了这样的心愿，在世界各地建立了博物馆，纪念不能忘怀的过去。

《走呀！》

15年间，从大手拉小手到携手并肩，妈妈与孩子在旅行中见证了彼此的成长。一本旅行笔记渐渐成形，成为送给孩子的一份成年礼物。

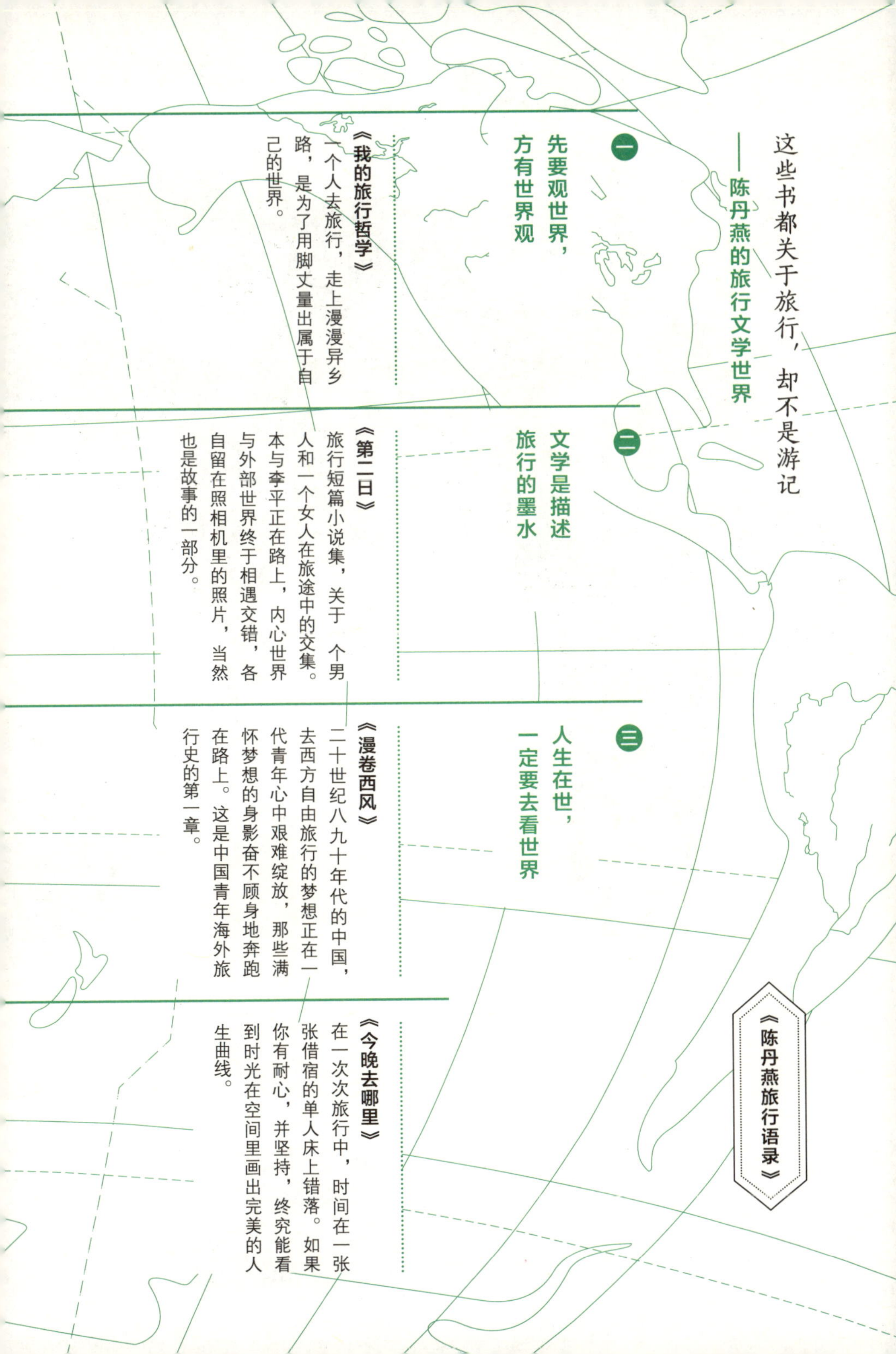

这些书都关于旅行，却不是游记

——陈丹燕的旅行文学世界

《陈丹燕旅行语录》

一 先要观世界，方有世界观

《我的旅行哲学》

一个人去旅行，走上漫漫异乡路，是为了用脚丈量出属于自己的世界。

二 文学是描述旅行的墨水

《第二日》

旅行短篇小说集，关于 个男人和一个女人在旅途中的交集。本与李平正在路上，内心世界与外部世界终于相遇交错，各自留在照相机里的照片，当然也是故事的一部分。

三 人生在世，一定要去看世界

《漫卷西风》

二十世纪八九十年代的中国，去西方自由旅行的梦想正在一代青年心中艰难绽放，那些满怀梦想的身影奋不顾身地奔跑在路上。这是中国青年海外旅行史的第一章。

《今晚去哪里》

在一次次旅行中，时间在一张张借宿的单人床上错落。如果你有耐心，并坚持，终究能看到时光在空间里画出完美的人生曲线。

目录

开篇

旅行方法论：收藏细节的漫游

难得某天黄昏无所事事，坐在厨房靠窗的位置上，等一锅鸡汤沸腾，望野眼。

好好一个黄昏，安静，凉爽，晴朗，我家楼下的小马路上有人牵着一条狗走过，四周安静，能听到那条大狗的爪子刨在街砖上，钬钬地碎碎响。那个人突然蹲下来，在人行道上擦了起来，然后，将纸包卷起来，松松握在手里。这个人在为她家出产的狗屎负责。那人让我觉得，这正是个十全十美的黄昏。

每当遇到这种十全十美的时候，我就会莫名其妙地开始回想自己的人生，好像外部环境的舒适和自在，带给我的，是这种检点人生的可能。

我为什么活着？

我为什么在这里活着？

我为什么落花流水般顺从地在这里活着？

这些都是无法回答的问题，但不因为它们不能回答，就会消失。它们不会消失的，在我的少年时代它们比较张狂，常常来袭击我。到我中年后，一切都开始知趣起来，它们也是一样，只在我觉得四下十全十美的时候，才像远方的闪电一样尖锐地亮一下，然后，沉重而遥远的雷声从四下合拢过来。这时的感受，好像那些巨大的问题已经不再如年轻时那样步步紧逼，但却化为四合的混沌雷声，永不会消失。

我一向生活在和平和安全之中，但从来都不觉得自己的生活是理想的。少年时寄希望于未来，渐渐才知道，理想是一番心中的景象，现实生活中永远不可能再现它的模样。所以，当一个人实现他理想的同时，他的心里才会同时升起一个巨大的问号，那问号好像非洲平原上的庞大日出那样无可置疑，他在心中嘀嘀咕咕：“这是什么？这是我要的？”每次我看见有人为自己的成功张大嘴巴，满脸泪水，不敢相信眼前的情形，人们总将这样的情形形容为惊喜，而我总想，大约更多的，是惊奇吧，人们惊奇理想实现的时候，竟是这样的。

我相信，因为被这种内心的嘀咕折磨，人需要做长途旅行。少年时代寄希望于将来，其实那模糊的将来，是一片苍茫的陌生大地和许多陌生面颊上闪闪发光的欢颜。而自己向它们一低头飞过去，就好像一只鸟那样迅疾和明确。现在细想，这更像一个旅行将要开始的前夜，内心的感受。

我的旅行就这样开始。长途，独行，年复一年，至今已十九年。

旅行的方式其实与人生活的方式一样，与环境和心情以及运气有很大关系，所以它几乎是一种隐私，没有什么可比性，也不用为自己和别人不一样而害怕自己原来是个怪胎。即使是那些天生的旅行者，那些狂热的射手座的旅行者，个人也有自己的目的。如果那些射手座的旅行者在一起喝酒，并纵情谈论自己的旅行，也能听出其中有着极大的不同，只是因为说得太热烈，而不在乎那些不同。

我为什么要旅行？

什么是我想要的旅行？

这也是个巨大的人生问题，而且牵丝攀藤，比前一组更复杂。

不知道自己为什么活着，为什么在这里活着，所以要去旅行，情形好像是这样。

我知道自己是个把事情弄得复杂的人，谁叫我生来就是这么个人。我也试着要将一些都简单化来着，就想，去德国吗，就是想念一杯柏林街上的牛奶咖啡了，还有一条慕尼黑街角面包房里的酸面包了，就这么简单。实际上，诚实地对待自己的话，就是没这么简单。

我的旅行似乎与生活有关，与生活的缺陷有关，与对缺陷的不甘心有关，与拥有这种不甘心的好奇有关，与好奇的结果有关。看上去，旅行好像是现实生活的身外之物，并不必须，但我早早就将自己心灵生活最重要的部分，寄托在一个身外之物上，多年来就死死抓住它，这可真奇怪，而且奇妙。

旅行渐渐就成了我另一世的生活。一条安静缓慢的生命，就这样分流在两条河流中，一条是安静的厨房，另一条是鼓鼓囊囊的小旅行箱。

所以，我得一个人独自去旅行，也得一个人慢慢走，远远地走，只看，不说话，好像一张受到修改限制的CD一样，非常固执，自闭，保守，挑剔，多愁善感，一丁点事情，就要上升到哲学的高度去，小题大做，惹人心烦。但是，我的心在那时非常强大，汹涌，好像美国中西部那龙卷风来临时的天空一样，自有一种宇宙的力量形成涡旋，能轻松就把院子里一棵大树轻易插到客厅中央的地板里。所以，我得小心翼翼捧着自己那颗风起云涌的心往前走。

我得在一个地方安安心心地住下，借住在当地人家里，或者自己租个小公寓，我不喜欢做饭，但在那时，有时晚上得早早到厨房里，用那些陌生的炊具做饭吃，通常是要做一锅热热的汤。等待汤滚水的时候，我得太太平平在厨房坐下，听那些从管道里传来的别家厨房里的声音，沉闷的做饭的声音，和听不懂的外国话的只言片语。我是想要在陌生的地方获得一种类似日常的生活，是想要在那里获得另外一种生活的感受，一种四海为家的家的感受，好像想把自己变成了另外一个人。

我想，自己大概可以试着变成一个美国中西部的平凡家庭主妇，祖籍德国的金发女人。一个德国午后出来喝咖啡透气的作家，却是不远的从前从匈牙利逃亡过来的鞑靼人，长着一张宽大的蒙古脸。一个莫斯科大雪纷飞的晚上心怀诗意的民粹主义知识分子，与车尔尼雪夫斯基有点私交。一个镰仓傍晚在寺庙前远离社会，并小心翼翼藏着寂寞的女子，追溯到十三世纪，她是北条家族的后代，血里有着阴郁决绝的武士气息。一个在都柏林酒吧里很好说话的酒客，《尤利西斯》里的一个人物原型，生性快乐，毫无洁癖，爱吃羊腰子。等等，等等。认识我的狗会对那些人叫个不停，因为它闻到了一些特别的气味，可它实在也不认识她们，这种似是而非，就把一条忠实的狗给逼疯了。

这样的生活好像将什么东西放大了，让我好像能找到一些巨大问题的答案。这种生活由非常复杂的计划和随机的机会组成，由幻觉和误解以及放纵搅拌混合，介乎于虚构与真实之间，其实，不光是那条狗疯了，还有其他人深陷其中，比如我自己，还有我周围那些疑惑的人。

旅行在我，就是如此情形下捡拾细节的漫游。

那是一个十全十美的黄昏，在美国的偏远小城爱荷华，我在厨房里等锅里的鸡汤滚水，窗外大雪纷飞，天地几乎变成了黑白两色，姜黄色的学校巴士缓缓开过我家前面的梅尔罗斯街，国家广播电台正在播出作家朗读会的片段，那天正好是我在平原之光书店里朗读《上海的金枝玉叶》片段的录音。从广播里听到自己的声音总有些古怪，她好像是另外一个人，熟悉而陌生。

鸡汤滚了。

第一章

像带着一架望远镜那样去旅行

旅行如透过望远镜观看一颗遥远的星辰，一颗星，而不是整个星空：在苍茫黝黯间，你只看它的微光如何顽强地穿过茫茫光年，照亮了一小片夜空。它必须经久不息，才有可能到达你的眼中。望远镜帮助你排除了星星蜂拥而至的喧闹夜空，你只看那一粒无名的星辰，你的望远镜凑巧对准了它，就像在陌生之地偶遇了什么。但正是对这一小点光亮邂逅并聚精会神的观察，让你对所有的星星都有了一点切实和永久的认识。

旅行中的漫游，与此时对细节的聚精会神之间有微妙的联系。如果没有在旅行中漫无目的的闲适，在陌生之地好像一团空气般的毫无牵挂，也就不会激起你对一座雕像，一朵烛光，一处荒芜海滩毫无目的却能全心投入的兴趣。它们像命定一般，越过千山万水，砰地落到你的眼中，然后落入你的心中。

它们其实是旅行给旅行者重要的馈赠：通过它们，你得以了解自己心中对生活与世界真实的想法，并测量自己心灵的温度，并得以真切地把握一角世界。你默默注视着它们，其实就是在注视自己属于的那个世界。如果你不能对它有所心得，那便是一个与你擦肩而过的世界，无法成为你的。旅行不是望野眼，旅行是从微观上勘探和认识世界，并对自己的生活心有所得。

奥地利维也纳——一尊雕像：飞的姿势

铜人笨拙地张大双臂，面对着卡尔教堂的广场，和卡尔教堂。他与天地作对，他想飞。

我在教堂台阶上看见他。看过了云端的上帝和圣徒，登天的圣马利亚，巴洛克小天使们的白翅膀，突然看到他一动不动地站在漫天乌云下，肩上臂上脸上，搭着一缕缕白色的鸽子粪。连欧洲各地靠广场而生的“会飞的老鼠”都可以羞辱他。它们虽然飞得低，会传染疾病，过于肥胖，几近成为公害，倒是货真价实的会飞。

他飞不了。

即使紧紧并拢五指也无济于事，所以他是悲伤而不安的，而且阴沉。他像所有的失望者那样紧绷着脖子，肩膀，手腕，那是一种不甘心。

在他身上，我发现了失望者的身体为什么总有特别的样子，与堕落者和成功者以及沾沾自喜者或者淡定者都不同，使人能从人群中将他们特别拣出来，如绿豆中的沙砾，就是因为他们的身体总是紧张的。除了不甘心，他还本能地准备好了失败的另一次迎头痛击。

“噗”，他挥拳向自己狭长的脸迎面击来，形容对打击的感受。他将嘴唇抿成了一条细线，收紧鼻翼，眯缝眼睛，紧紧关住在腹中波澜壮阔的抱怨。他偶尔放开自己，脸上铤而走险地笑着，半是慌乱害羞，半是讥讽，生怕别人会误解他对此抱有什么希望。他在安适的人群里即使一动不动，也像被枕头压得翘起的头发一样，难堪地脱离于秩序之外。这样的人，身体怎么会不紧张呢。

铜人一动不动地站在乌云下，可笑地张开双臂，面对维也纳著名的巴洛克式教堂，面对天棚上满满当当云端的天堂。他可真是个钻进牛角尖就不肯出来的人啊，即使已经如此尴尬了，也还是不妥协，简直就破罐子破摔了。千回百转，还是不甘心。

因为他这样不机灵，这样不懂得迂回，打动了我。

英国伦敦——又一尊雕像：本分与心愿

在肯辛顿公园的一条小径上，相信就是当年巴利遇见潘彼得的地方，现在竖立着一尊青铜雕像。穿树叶短衫的潘彼得站在顶端，小仙人丁克铃，还有达林家的孩子们：温迪，约翰和迈克尔。在正大光明的蓝天白云下，童话里的人物就这样一一站在六月肯辛顿公园的绿树前。他们就像爆

竹红纸里的那段火药引子，将人心里不愿长大的愿望，从岁月的死静中引爆，嘭的一声炸得满地碎红。“这世界上有谁想长大呢？”提问的声音从这股硝烟里响起，有无限的委屈。

二十多年前，大学毕业的第三年，我翻译《潘彼得》，翻译到了如下的句子，“我生下来的第一天就逃跑了。”他说，“我听见爸爸妈妈说我会长成大人。”说着他突然扬起脸来大声说，“我不要当大人！我要永远做个小孩，过小孩有趣的日子。所以我就逃到肯辛顿公园，和小仙人们住在一块。”

站在肯辛顿公园的树丛前，面对潘彼得，我已经做了半世的“大人”。我就住在公园对面街上的伊甸旅店，我每天早上都路过巴利先生的故居去图书馆，每天黄昏都特意在园子里盘桓几刻，直至天色暗下来。夏初的公园一派浓绿，可小仙人们在哪里，那些说话声听上去就是一串铃声的小人儿？童话故事里的句子再次在心中响起，并在那里引起回响，就像在一间空房间里说话的回响一样。

“温迪有时穿上在永无岛上穿过的衣服去找潘彼得。她总晚上去，怕潘彼得看出来衣服已经短了。温迪知道他讨厌长大的孩子。”这也是我翻译过的句子，这样的遗憾，倒更像是我的现状。常常都能看到小孩子们爬到雕像上嬉闹，一圈圈地爬来爬去，好像探险那样，而我就仰着头，光看。这是他们这个年龄的特权，要是我也爬上去，怕是太不自重。人的确就是这样，年龄越大，能做的事就越少。比如爬到这雕像上去，非不能达到，而是不能不守本分。但年龄渐长，我已深知本分与心愿天生就是冲突的。我也深知人对年长的自卑。那就是巴利所写的，温迪衣不蔽体的尴尬。我不可再穿年轻时代的衣服，也是如此。

写《我的妈妈是精灵》时，潘彼得带来的仙土一直在我心里飞扬，所以精灵妈妈也会带着陈淼淼在天花板上飞。我试图在虚构的世界里解决这个可怕的问题，让妈妈也可以飞往永无岛。我女儿小时候听这故事，谦卑地，向往地要求：“求你带我飞一圈吧。”我暗自得意为自己找到了一条出路。纸上的世界还是好啊，它是心愿最终的避难地，也是童话自己的永无岛。

中国江苏——一座弃屋：理想

偶然的机会，我去了大丰的农场。那里的风果然很大，笔直的杨树林，到了林梢处，就朝一边歪去。大风突然来临时，人人头发直竖，田野中绿浪翻滚。

突然想起，这个农场是我少年时代最好的朋友工作过的农场。她比我大一届，是家里的独生女，本应该留在父母身边。却自愿去了农场，因为她想要到祖国最需要的地方去工作，她是个理想主义者。我想起少年时代我们通信，我能背出她的地址，大丰，海丰农场砖瓦厂。我想起她说过，那里风很大，脸和手都很容易皲裂。她这样写，一点不诉苦，而是骄傲。骄傲她自己是一个能吃苦的人。

回想起来，我少年时代的朋友和邻居中，有不少这样的理想主义者。她的上一届同学里，我从小一起长大的邻居，一个男孩，他毕业时，组织了一个小组，自愿去了安徽农村。他也是去寻求艰苦而有意义的生活的。

那时正是“文化大革命”的最后两年，整个社会都很沮丧，热情已荡然无存，家家户户苟且偷生。但有些少年，并不肯对人人自求多福的生活就范，他们仍在追求向社会奉献的理想。他们并不知道，如何才能找到不自私苟且的生活，所以，他们断然离开城市，去农村寻找。

我从未去农场看望过她，好像那是一个虚拟的，精神的世界。等我二十多年后再去探望，她十八岁住过的平房还在，一窗一门，但一排排的宿舍都已废弃。她屋前高高电线杆上的喇叭寂寂无声，她说过非常喜欢从高音喇叭里，向整个田野播撒的音乐声。原先他们晾满衣物的屋前空地，现在已是一小片油菜田，此时正开满油菜花。

这是一片已废弃了的农场宿舍区。知青们已离开多年。她也在几年后，因为独生女的原因回到父母身边。

现在，我少年时代的伙伴已退休了。

她的生活与这城市里的大多数人并没太大的区别。

油菜花黄灿灿，如此热烈和朴素，让我好像能重温到她的少年理想。我仍为她感到庆幸，庆幸她在少年时代曾热血沸腾。庆幸她曾有过与现实生活全无干系的理想，并实践过它。

一个人在年轻时代血没热过，这个人就从未年轻过。这是一句老话，它是对的。

中国西藏——一朵摇曳的烛光：愿你永在

那些端坐在银子灯盏里的小火苗，每一朵都是一个愿神永在的心愿。高原的朝圣者从四面八方赶来，为了亲口告白自己的敬意和依恋。小火苗在神像前活泼地舔着黑暗，像一个孩子贪婪而愉快地舔着他的冰激凌。酥油燃烧的气味，袅袅缠绕，层层铺开。

这是西藏的一个神庙，朝圣者静静进入黝黑封闭的神殿，有人哗哗地擦着地面，一路行着大礼拜进来，一直伏到神像金光灿灿的脚下。那里放着许多皱皱巴巴的小额纸币。一看就知道，那是被团在手心里，握在手掌里，平日里一点一滴积攒起来的奉献。它们又旧又卑微，但心安理得地平躺在神面前，此刻它们是朝圣者神圣的奉献。

抹平纸币上的皱褶，放下，面向神站定，合十，默默告诉了心愿，就可以去点一盏油灯。有时候，我不能相信，这样千里万里的赶来，就是为了告诉神，愿你永在。有时我又是可以相信的，不论如何的千里万里，只要自己无法把握的生活，能亲手托付给神照料，再亲眼看到神面前的祝愿灯，正活泼地跳跃，这心愿已被神应允，这也是值得。所以高原朝圣者的脸相里，没有平原祈福者雀跃的欢喜，倒有放下了的恬静。这大概是朝圣者和祈福者的不同之处吧。祈福者奉上的都是大面额的纸币，因为求的是现世报，付得多，才心安吧。

那么多活泼的小火苗，好像朝圣者信赖的央告。它们齐齐央告一件了不起的大事：愿神永远安好无恙。

泰国曼谷郊外——一条窄河：生活犹如幽暗的河道

在南亚幽暗的河道上无声地航行，河道两边，能看到极为茂盛的热带植物，白色的巨大花朵，巨树里绽放出无数垂垂欲坠的鲜红果子，还有深深的草丛中的，以及丛林边缘的。热带有许多莫名的植物，让人想起生活中那些突如其来的意外，带着危险与神秘的气息。

深绿色稠重的河水犹如生活中从不会清白浅显的人与事，令有洁癖的人常常觉得已经到达自己忍耐的极限。在极限处，可以有两种选择，自绝于这个社会，或者逃离。逃离最温和的选择，就是买一张飞机票，将自己送到一个全无干系的地方生活，那里没有半个亲友，说全然陌生的语言，这就是所谓的旅行。

河岸上滑腻鲜绿的青苔犹如生活中看上去美好的情形，如果你踏上去，一定会滑倒，如果摔倒，一定弄得全身到处都脏了。更重要的是，那些被毁坏的青苔渗出绿色的浆汁，好像凶杀现场。

南亚幽暗的河流，有令人窒息的宁静。越过一顶宁静而诧异的草帽，茂盛而浓郁的热带雨林这样悄无声息地迎面而来，这情形就像一个人面对自己的生活，在顺水推舟的寂静中，总有惊异。人在旅行中，才有时间突然从自己的生活中抬起头来，看看自己的处境。

十全十美的海滩外，大海卷曲着蓝色的海浪，辽阔地，壮丽地，闪闪发光地，从赤道深深的海沟里出发，向沙滩上的人们涌来，带来清脆的叹息声。

这里是地球上最完美的沙滩之一，六十年代，是嬉皮士们用被迷幻药麻痹过的眼睛发现了它。现在，这里是人们向往的地方。世界各地的人们，抱着各自的梦想，拖着辘辘有声的旅行箱来到这里，带着偶入天堂的侥幸和一身晒黑的皮肤离开这里。

几十年后，在世界各个安静或喧闹的角落，咖啡馆，厨房，街角的烟草店前，或者从尼斯海滩离开的火车上，有人会提起这赤道附近的美丽海岸，怀念的微笑从他的内心深处翻卷而出，渐渐布满了整张脸。这种微笑倾心而出，将一张疲惫倦怠的脸瞬间改变。

自然的美有种特别的生命力，它虽然埋藏在人们心中，但有时能像朝阳一样光芒万丈地升起，驱赶开记忆中的一切羁绊，就像阳光驱散开晨雾一样轻而易举。它是造物主给与人最珍贵的礼物之一，使人能长久享用。也许会忘记谁与你一起来到海边，也许那根本就不是一次愉快的旅行，你一直在心中回避关于那次旅行的回忆，但这一切都不能影响留在心里的自然的美，大海卷曲着蓝色的海浪，闪闪发光地拍打着记忆之岸，即使这世上所有的美，你都不再欣赏了，它仍旧让你相信，在世界的某个可触及之处，海滩在发出清脆的叹息声。

在盛夏艳阳下，海滩上走过一对老人，不知道他们是多年的夫妻，还是久别重逢的情人，或者是两个因寂寞而相伴的萍水相逢者，他们身上纵横的皱纹，脸上的，身上的，手掌里的，臂弯中的，使他们充满了生活给与的无限可能性，和无限的传奇性。

他们缓慢的，专注的，悲伤的，走过漫长的海滩，阳光照耀着他们身上成千上万滴水珠，好像无数虽然破碎不堪，但仍闪闪发光的信念，他们就像这片美丽海滩的两个惊叹号。

奥地利多瑙河上的克莱姆斯——一个黄昏：时间的容量

2002年初夏时，我住在多瑙河边的老城克莱姆斯。白天总是用来写小说的，下午3点以后，就出门去，沿着河散步。有时租一辆脚踏车，沿着河一直骑。黄昏那么长，长长的河水，河岸上连绵起伏的葡萄园，每天都有白色的游船在黄昏时经过这里，每次到这里都播放施特劳斯的《春之声圆舞曲》，这些都像可以解释什么叫作永恒。

像克莱姆斯城出产上好的烈性杏子酒，有的城镇则出产上好的新葡萄酒。沿着河骑车，常常看到装饰着酒杯和葡萄藤的新酒酒庄的幌子，新酒不是喝哪一年的葡萄，而是喝酿了两个星期还是四个星期。要是初夏的时候太热，在路上遇到的人就都忧心忡忡，不是因为自己热得受不了，而是体会到葡萄热得受不了，怕今年的新酒会不够喝。此地的新酒实在有名，有人专门从德国和意大利骑车过来喝酒呢。

有时候推开一扇教堂的门，发现自己进了一座地道的巴洛克式老教堂。那些古老的巴洛克教堂，不像德国的那么大，不像意大利和维也纳那样用大理石，女神的神像常常是木头做的，带着乡间殷实的温暖和诚挚，即使也繁复，也妆金描银，但还是很本分。

有时能看到教堂顶上安了一行泥塑的狗，那是十六世纪多瑙河大洪水的纪念作品。那次洪水淹没了市镇，动物们只好跑到屋脊上站着。不同市镇的堤岸上都刻着一条条洪水的高度线。标出年份。那些淹没线都比我的头顶高多了。人不如动物敏捷，心中又牵记得太多，所以洪水来了，人死得比动物多。

十六世纪的大洪水过后，沿河教堂的墓地里，竟腾不出这么多地方来安葬死人。于是，人们将旧坟墓打开，将旧尸骸取出，给新死者腾地方。旧骸骨被集中放在教堂里，大多数人只能保留下头盖骨。不过，人们还是尽力护着死去处女的尸骨。她们的头盖骨单独被放在一边，人们专门在她们的头骨上画了一圈花环，有的是玫瑰花环，有的则是百合花环，将她们与一般的尸骨区别开来。在教堂的安息室里，人类被分成两种：处女和非处女，而不再是男人和女人。纯洁比什么都重要。

多瑙河岸边的面包师傅常常做一种放熏衣草和碎橄榄的面包。那面包新出炉时，暖烘烘的麦粉香里缭绕着熏衣草清馨的气味。刚开始我不敢吃带有衣柜气味的面包，有一次饿了，吃了，才知道它的好。那个小面包房在一个小镇广场的角落里，前面有个喷泉哗哗流着水，有人走热了，就在那里停下来喝水和洗脸。我的脚踏车也靠在那里，歪着龙头，看上去就像是古代等在泉边喝水的马一样。

印度尼西亚巴厘岛——一个背影：走向大海

独自走向辽阔大海，总是内心震动不已。

大海喧嚣着，但它又有种巨大的寂静。这种寂静好像将我的一切感官都有指向性地打开了，只能听到大海深处的喧嚣，闻到海水清凉的腥咸，看到波涛闪闪发光的光滑表面和蔚蓝的深处，喉咙里只有大海的咸涩之气，心中万念洁净，只有一句话：这是大海。

海水冰凉，凉得正好将皮肤上的一切回忆统统荡涤干净，不论是剧烈的，还是温柔的，或者是污浊的，抑或是疼痛的。当海水浸没全身，就像经历了一次洗礼。

我十七岁时第一次在青岛见到大海。引导我去海边的人已经辞世，他是我少年时代好朋友的父亲。当时，我从他的肩膀外看到天边出现了一抹奇怪的蓝色，长长地匍匐在蓝天下。“那就是大海。”他指着它说。

走下石阶，走下滚烫的黄沙，走过潮湿的沙滩，走进大海，我看见一块被击碎的贝壳在波涛中起伏，好像生活中那些令人遗憾的事。一排蓝色波浪刹那就将它拖回了海洋深处。

我想，十七岁后，我经历了丰富的生活。但如今独自走向辽阔的大海，内心仍旧震动不已。无论这大海，是青岛，还是热那亚，或者是圣地亚哥，或者是巴厘岛。

甚至远远在岸上，看一个陌生人独自走向大海，自己的所有感官也能全被它所充满。对那海天之间孤独而满足的身体感同身受。那个陌生的身体充满大海深处的熟悉涛声，他就像一个海螺。

“那就是大海。”我心中这样对那人说。

奥地利维也纳——一枚跌下的醋栗：粮食之爱 ☼

这是一个中午，在维也纳城外美泉宫的醋栗树下，我在看书。醋栗在晚秋成熟，沉甸甸地挂在开始发黄的叶子里，时不时噗噗地落下来。

我对面的长椅子上来了一对中年夫妇。他们显然是路过园子

回家的。但中午园子里真安静，所以他们决定留下来坐一会。丈夫坐下，让妻子靠着，自己就好像一张长沙发椅的高背靠垫。

妻子长了一个殷实的小肚子，她像一个用橡皮泥捏起来的小玩偶那样，密不透风，而又稳稳妥妥地嵌进丈夫怀抱里，她呻吟了一声，合上眼，小睡片刻。我想，就像在丈夫未下班回家的午后，她做完家务，在靠窗的贵妃榻上小睡时一样。

好像女人心中，这是梦想的生活——在自家男人怀抱里毫不设防地，依赖地生活。女人睡着的时候，男人睁着他的眼睛，稳稳坐着，心无旁骛。越过各种男性社会需要的温情脉脉的解释，和女权主义者微言大义的批判讨伐，人到中年后，男女关系最深的核心处，女人似乎是想要完全吞没男人的整个身心的。而男人看似强大，其实却更像身陷动物园中的狮子，他的威风，是为了使动物园名副其实。

眼前这对中年夫妇，浪漫的，撩动人心的激情渐渐褪色，好像开始松弛的身体也渐渐对此害羞起来，性也不再神秘。因此，它在私生活中渐渐向一种身心的保健运动转化，它不再令人梦寐以求，手脚冰凉，而是一种身心健康的物理指标。我想，他们身体在醋栗树下呈现出来的心无旁骛是基于此。生活有了令人尴尬的种种变化，变得让人不知道如何对付自己的感情和身体了，让人觉得自己的身体各处变得宽了，松软无力的脂肪悄悄填充了年轻时代单薄而结实身体的各种舒展的空隙，而精神却因为安稳而变得迟缓，封闭和乏味。即使你在你爱人的怀抱里，却不像一条痉挛的小蛇那样游动，而像一只橡皮泥玩偶那样柔软而黏着。

这是一种奇怪的精神世界。在食物上，只有粮食，没有点心。在杯里，只有清水，没有美酒。音乐中只有旋律，没有华彩。当你深呼吸时，只有空气，没有花香。当你读一篇小说时，只有故事，没有刻画。当然，这是个寂静的精神世界，仍旧是可以活下去的，但却莫名其妙地，有点乏味起来。在这乏味中，还带着一种挥之不去的轻柔凉意，那是无所附着的悲哀。

即使是这样在阳光闪烁的秋天醋栗树下完美倚靠的中年夫妇，也像一杯酒那样，无法不散发出难以掩盖但绝不张扬的悲哀。他们越是心无旁骛，就越是像杯好酒散发纯正酒味那样，散发出经久不散的悲哀。

我总是带着几本小说书去做长途旅行，是的，在美泉宫的醋栗树下，我读的书，是茨威格的那些维也纳中产阶级妇女对爱情的狂热而绝望的追逐。而且还是二十年前后的旧版本，版权页上的书价大多只有几元人民币。如今看来，真是惊人的便宜。

这对夫妇，他们的内心深处可上演过茨威格的故事？

看上去，他们似乎只有粮食之爱了。但茨威格令他们显得不那么简单。在发胖害羞的中年人身体中，到底隐藏着怎样的风暴，怎样被岁月酝酿出来的醇厚渴望，在寂静中他们如何倾听，如夏季的大地倾听雷雨将至的声音，在安分中他们如何细细地翻检年轻时代闪闪发光的那些碎片，看那年轻时堪称完美的爱情如今碎裂成无数闪亮的小片，生活因此宛如细波潋滟的大海和充满危险的碎玻璃之地。当他们倚靠在一起，听着彼此匀称的呼吸声，闭着眼睛，也许他们心中正在惊奇和感慨生活在此时呈现出来越来越细腻的情感与越来越狭窄的前途。他们的内心到底发生了什么，我其实并不知道。

我握着茨威格的旧书，年轻时代我看见了爱情，中年时代我看见了困境。

美国圣路易斯——一张塑料椅：单身者

平时没人能真正从人群里指认出来，谁是单身，谁不是。除了在礼拜天下午两点的路边咖啡座里。懒洋洋的礼拜天下午两点，在阳光闪耀的路边咖啡座里，热热闹闹地坐着各种享受七天里最后闲暇的人们，这时，就能看出来谁是单身，谁的心里有种浮萍般的悠游与寂寞，有种萍水终将相逢的模糊信念。

这样的人通常都独自坐在一张桌旁，喝咖啡，读书。在家里的阳台上，沙发上，厨房桌前都能完成的事，要郑重地拿来咖啡座里完成，这是因为已经独自过了整个周末，清洁了厨房，买齐了一周需要的牛奶，麦片，水果，面包，卷筒纸，面霜，洗了衣服被单毛巾，从洗衣店取回了已经洗熨完毕的衬衣，长裤，睡饱了懒觉，交了水电费。剩下的礼拜天的下午，终于觉得寂寞了，想到能听到人声的地方去晒晒太阳。

通常在他周身洁净的衣着里能看出一个单身对自己的小心照顾，他与拖家带口的成年人相比，格外有秩序，鞋帮没踩塌，裤腰的式样比他这个年龄的人能接受的更年轻。

通常他身上有种安适。那种没有亲人和孩子追在后面的从容，或者说是了无牵挂的自在，也可以说有种自由，一半宝贵，一半无奈，就看你如何解释它。

通常他的静默里有种等待的神情，如一扇虚掩的门，等待一只手将它推开。

新西兰南岛——一汪蓝色：风景如画的委屈 ☼

新西兰的提卡珀湖，在阳光和长白云下呈现的蓝色真是无处能及。特别是从一间乏味的中国馆子，草草吃完一餐毫无想象力的中餐，又被人塞了一张羊毛制品九折优惠券。烦闷地推开门，那一汪长天下的蓝水，真是救星。

它怎么可以这么蓝！

它怎么可以这么静！

它怎么能像纯洁无辜的眼睛那样，这么望着你。让你不知做什么才好。

慌乱中打开照相机的镜头，蓝天，蓝色的湖，秋天金色的杨树，牧羊人小教堂，被取景框框住后，显现出十全十美的样子。我听到有人在我身边似笑非笑地嘟囔着，这可怎么好，闭着眼睛按快门，张张都是明信片。我看了那人一眼，那人果然闭着眼睛，一边转动身体，一边按动快门，还是七张连拍模式。然后翻过去查看，果然张张都能去印刷明信片。连你想要做得随意些，稍微歪一些，出来的效果，也还是明信片。

我打开了镜头，又关上了。离开人群找了块大石头，独自躲在后面面对湖水，可还是找不到自己。所以索性放弃。我期待去皇后镇的一路上，可以找到非明信片的风景。

离开提卡珀湖向南去，不久看到了库克山的雪线。车又停下来，这次我们应该看有山景的湖。下了车，才发现这里比提卡珀湖更美。库克山在蓝色湖水的尽头，如一个孩子心目中的将来一样无瑕。我们一车的人，面对倒映着雪山的蓝色湖泊说不出话来，大多数人捏着手中的相机，已不再徒劳地想要有个人色彩的新发现。有人只好无聊地将自己微笑的脸嵌进明信片中，以自己的不完美，来破坏它的十全十美。

导游这样教导沮丧的我："这就叫作风景如画。"

可是，这风景如画的委屈是，不论怎么朴素地记录它，它都像假的，都没有个性。

就因为它太美，所以它不再有美的生命力。

挪威斯瓦尔巴德群岛——一片荒蛮：对旷野的亲切感 ❄

被万年冰雪封冻的荒凉海滩，在北极的斯瓦尔巴德群岛，在一年中最为寒冷的季节里，是寂静无声的。北极熊还在越冬的雪洞中匍匐，冰雁还滞留在欧洲和亚洲温暖的水边，尚未北归，冰川积攒了漫长一冬的强大寒冷，使它得以停止在去年午夜太阳季节向大洋碎裂倾斜的歪斜身姿上，不再崩溃入海。那些古老的蓝色冰块倾斜着，好像希腊悲剧演员般的感情充沛而又持久。有时候，太多的植物，和植物带来的颜色，都给人喧哗的感觉，此时，苔原上所有的植物，那些青草，贴地而生的黄色和紫色的花朵，都被冰雪深深地覆盖住了，它们还在深睡，这里的一切都静止了。

白雪覆盖了一切，冰原，山丘，海滩以及冰川。它以不到一厘米的单薄身躯，成千上万地覆盖了北冰洋，大洋上的浮冰，群岛上连绵的雪山，以及山峰之间铺满深雪的山谷。

我想，那就是旷野了吧。无声，广大，没有任何生命的痕迹。犹豫着不敢肯定，因为我从未真正见过能称得上旷野的地方。

我穿暖了，独自站在雪里。这样做违反了北极野外工作规章，离开房屋三百米外，我应该与人同行，而且要带来福枪，并子弹上膛。在紫外线反射强烈的冰原上，我还应该戴上墨镜，保

护视力。也不该一动不动站着，这样很容易冻僵。但我觉得自己好像是旷野里的一小块冰，属于这严酷的地方。

这种从身体深处油然而生的从属感，绝不是来自理性，而是如苏醒般散漫而自然的亲切。我从未来过这里，甚至从未有足够的想象力计划造访这里，但我身体有某种记忆似乎被这里唤醒，它使我感觉到舒适，我想它是对严酷自然的舒适感，那就是人身体中残存的动物性吧。我的身体里还奇异地保留着动物时代的回忆吧，那种面向严酷旷野的遥远记忆被显影了。那种严酷，动物并不抱怨和反抗。是在渐渐成为人以后，安然认命的态度才没有的。

面向在深寒的水中岌岌漂移的蓝色浮冰，我发现，当自己还是一个动物时，虽然生活残酷，但心中一定谦卑。所以，在我身体的某处，至今还保留着对旷野温柔的感情。而如今，我在北极这样的不毛之地，才体会到，原来我身体的某些部分，是属于旷野的。

挪威斯瓦尔巴德群岛——一堆雪：北极蓝 ❄

我从未见到过像北极这样对光影和颜色敏感的地方。

冬天极夜过后的北极，太阳尚无法跃出地平线，它的光线只是像从地球边缘反射出来的光亮那样，在有限的白昼时，柔和匀称地照亮整个天空。

当这样的天光照耀时，处在挪威暖流里的海湾有一派深深的蔚蓝，也许是因为它的纬度很高，也许是因为融化的冰川带给它足够的碳酸钙，也许是因为空气太洁净，也许是因为海水太深。总之，它的蓝色是令人难以置信的，几乎像突然爆发的啜泣。

海冰的浅蓝色是从冰块深处，烛光般轻柔地投射出来。当你转向天光较弱的位置，大概它变得略微有些灰蓝，好像一颗经过失恋折磨的心。当天光明亮，照耀着冰块闪闪发光，它的蓝色就更明亮柔和，让人想起心里充满单纯希望的时刻。那样的时刻在一生中不会太多，但总是令人难忘的。在那样的海冰前面，我看见了一头小海豹，快活地游来游去。好像少年时代的自己。但小海豹来过以后，空气骤然紧张起来，因为这是北极，海豹在冬尽的季节里最容易引来饥饿的北极熊。这白色的大熊以每小时六十公里的速度奔跑，当进入三十米时才容易被人发现，但三十米的距离，它只用4秒钟。

冰雪覆盖着整个大地，白色的。但从齐膝深的雪里拔出脚来，你能发现，雪窝里泛出极易碎的清晰蓝色。雪的深处，浅蓝

色的光像思想一样可以感受，不能触摸。我曾一遍遍地将看上去蓝色的雪捧上来，但它一遍遍地变成了白色。

好像人心中的一些永远不可实现的梦想。

我真是从未见到过这样敏感的地方，当中午过后，黄昏早早到来，天空的边缘浮上一抹微弱的淡绯色，所有的蓝色都因此加入了带有暖意的灰绯色，白色的冰雪世界为之大变，成为老人轻声诵读主祈祷文的声音。

美国密苏里——一架花哨的自动音乐机：世界上最寂寞的地方 ☼

这间小汽车旅馆大概是全世界最寂寞的地方了吧，密西西北

河长满大树的岸边，一望无际的平原上，像明晃晃的刀一样高高劈下来的锐利阳光里，这间汽车旅馆就是全世界最寂寞的地方。在那里歇脚，就好像被抛到了天涯海角。

没有见过这么光秃秃的房间。褐色的大床，要是没有床头挂着的平庸水彩画，也许还不会这么荒凉。了无生气的小梳妆台上，要是没有用黑色塑料袋包装的速溶咖啡袋袋和白色塑料虹吸咖啡机，也许不至于这么颓唐。一本黑色封面的《圣经》放在床头灯下，已经被翻得很旧了，要是没有它，也许还不会对晚上临睡前的那段时光这么怕。

旅馆附带的酒吧是俗丽的，假花，廉价霓虹灯；胸前一束青蓝色的静脉，从锁骨那里一直爬到乳房上端的老吧女；收音机里密苏里州立电台饶舌的乡村歌曲，自动点歌机留有淡淡污渍的按钮上亮着指示灯；还有法式炸薯条油腻的气味。陈旧的台球桌前没有那些熊一般晃动的男人身影，因为这是个中午，隔宿的客人已上路，今天的客人还没到歇脚的时候。时光停顿，无聊淹没了所有角落。

旅馆外面的停车场空荡荡的，连鸟都不肯停。蓝脖子的大鸟飞过此地，“吱”地惊叫一声，慌忙爬向高空，远远地逃开了。而黑色的鹰，像被图钉钉在蓝天上一样，一动不动。这就是移民之地。

印度拉贾斯坦邦——一间宫殿：花格窗

传说中这沙漠中曾有23个古国，它们红砂石或者黄沙石的要塞大都建在峻峭的山冈上。山冈下是中世纪的城市，有迷宫般狭小曲折的街道，街边开放的下水道，木窗里面有烟火熏蒸，灯火昏黄的厨房，门楣上挂着一小串辟邪用新鲜的绿辣椒和黄柠檬。庙宇里有白色大理石雕刻的耆那神像，面上有一双巨大的眼睛。耆那教不杀生，所以人们不能穿戴牛皮做成的东西进去。繁复的神像里总能找到步态妖娆的女神像，因为女人的美也是神给予的，用来安抚世界。

要塞的高大木门上有密密麻麻的粗大铁钉，那是为了防御敌军的大象前来破城钉上的，和大象的头一般高。为防止敌军大象破门时能有足够的距离助跑，要塞的大门总开在九十度急转弯的道路后面。

要塞门口的城墙上，大都印着些血红的女人手印子，那是小王国被破国在即，国王的妻子和士兵的妻子跳入火堆殉夫前，在城门前留下的印记。印度古老的妇女殉葬习俗，就开始于这些沙漠的要塞中。如今这些古老的女人手印，都还留在要塞门口。虽然旁边刻着的文字已经淹没，无人懂得，但总有人带去新鲜沙漠玫瑰花环挂在那些手印上，也许是为了告慰那些绝望的女人们。

穿过要塞干涸的阿拉伯水池，穿过庭院正中用白色大理石雕刻成的皇椅，就是白色灰石的后宫庭院，四四方方的院子，能看到白色花格窗上细密的几何图案，深宫里的女人们从那里无声地走过，路过透过花格窗，投射下无数细密花纹的阴凉长廊，有时她们伏在窗后窥视外面的热闹，皇后用的窗子略大一点。如今那曾雪白的大理石都已经变成棕黄色，想必那是皇后们和妃子们留下的指纹与呼吸，还有她们望到精彩处，忍不住发出的赞叹，那唾液细末的渍迹。

我曾细细抚摸过那些变黄了的大理石窗格，从那些凝固在大理石上的沙漠玫瑰花孔洞里张望，也曾将自己的手掌覆盖在红砂石的手印上，似乎与她们穿过时间与地理的重重烟雾相逢，相逢在天涯海角。

美国爱荷华——一处河岸：蓝铃花

春天，我跟祁连去河边看蓝铃花。它本是古老的欧洲土生植物，跟着殖民者来到美洲大陆，从此繁衍开来。它们常与美洲土生的长草做伴生长，盛开在平原深处的河畔，或大树的浓荫里。蓝铃只在五月开两个多星期的花，虽然野生，也很脆弱。祁连凑在植物面前细细观察它们的时候，会突然显现出像植物一样安静

和温厚的本性，似乎与它们没有区别。而这两点，曾是她努力想要隐藏起来的。这时最能让我意识到，她是个生物学家。

美国中西部平原上的春天来得迟，也来得猛烈。树林背阴处的雪还没化完，大地已一派绿色。到五月，平原上的梨花，樱花，苹果花，接踵怒放。无穷尽的花朵，如此热烈地开放，生怕等不到明天。它们是如此急切，突然就让人警醒，自己如果不做些什么特别的事，也会错过自己的生命。在那样一个黄昏，我跟祁连从东边出城，一直向东，去野外的河边看蓝铃花。

远远的草坡上，一棵樱桃树突然落下长长一条白色，那总有一万片花瓣，就知道那是有一阵小风拂过山坡了。在日本，人们将此称为樱吹雪。当我们爬上坡，看到的是开满花的大树，树枝好像肿了起来似的，完全被花朵盖住了。

春天的黄昏很长，漫天金红，都是迟迟不退的晚霞，直至八点。五点下了班，人们都在室外跑来跑去，不肯做通常晚上做的事，回家，洗澡，吃饭，看电视。因为经历过漫长阴沉的冬天，裸露在外头的手臂和小腿，又能感受到温暖熏风轻轻拂倒皮肤上的汗毛，微痒，许多人都承受不了这样突如其来的幸福。农场主家宅后面的大树杈上飘荡着两条花裙子，那是两个小姑娘。通往本地墓园的土路上，慢慢走着一对中年夫妇，男的拎着铁桶，里面还有一把铲，女的抱着白色和红色的郁金香，中年夫妇不知如何自处，便一起去给亲人上坟。

在河边见到蓝铃，花朵像倒挂着的铃铛，颜色是蓝色的，因此就叫蓝铃。它原来不似苏格兰蓝铃般结实和漂亮，它脆弱，简单，一丛丛开在河边与树下，甚至都不香。但它纤细朴素的美，令人不能忘记。一时，好像平原上千朵万朵怒放的花，本地新闻中天天播报的，沿着密西西比河一路扑来的花粉巨浪，都是为衬托在这不知名的小河边和几乎有三百年历史的旧墓园大树下，这一丛丛寂静的蓝铃花。它们像一个句子中的句号，安静本分，出现在应该出现的地方。

祁连喜爱此地，因为这里能找到三百年前美国的植物，而在美国其他地方，由于城市化和滥用除草剂的关系，只剩下来强壮而单一的植物可以活，或者就是人造植物，十全十美地活在暖房里。

那些三百年前的植物，都不强壮，也不炫目，在温暖的夕阳里摇曳自娱，如腿上倒伏的汗毛那样自然与幸福。一只甲虫就能将长草的茎压断，带倒好几棵蓝铃。蓝色的铃铛花，本已摇摇欲坠，此刻倒伏在草上，花瓣也散开了。但这情形是如此稳妥地解释了草本植物的脆弱与生生不息，那是一种上帝世界里毫无欲望的美。

如今春天来时，我总是庆幸自己曾见到过它最美好的一部分，在爱荷华州的平原上。

这是一处寂静的岔路口，被高大的桉树林包围着。晒了一整天的桉树林，散发着奇异的香气。这气味让我想起我怀孕时，天天都吃的桉叶糖。我的身体曾无限排斥怀孕的状况，所以它日夜不停地呕吐，似乎想要将那个小小的异物吐出来。只有桉叶糖能让它略为安静。它的香味是清亮警醒的。它像一只铃铛，在我一片混沌的腹中“叮”地响了一声。

桉树林里一团寂静。我的孩子只有核桃那么大小的时候，她曾感到的，大概就是此刻我的感受吧。终于安静下来了，让我歇口气吧。

树的深处有动静，不是大洋洲的鸟，就是吃了桉树叶昏昏欲睡的考拉熊。考拉喜欢吃桉树叶，但桉树叶到了胃里，就变成安眠药，考拉不得不睡了又睡。待消化完了，它才会渐渐清醒。可是，一旦醒来，就知道自己又饿了，又该吃树叶了。考拉的一生，是一个不断被催眠的，与世无争的长梦，生死并无太大不同。

树杈上搁着一块车牌，白底蓝字，来自维多利亚省。上面写着：Victoria-on the move。维多利亚，如果它是一个省份，就是来自维多利亚省的汽车。或者是足球运动员的妻子，那就是维多利亚在路上。还可以是个叫维多利亚的阿根廷已婚女作家，她在写作营里与一个阿拉伯男子坠入爱情。要是这样，那就是维多利亚在移动中。要是维多利亚州长鼓舞子民的口号，就叫维多利亚在前进。

不安因此在桉树的气味中无声地升起。

就像我那如核桃大小的小胎儿，命运已在她的桉树林里放了一块旧车牌。

不能成为考拉，那么，就只能做各种各样的维多利亚。

第二章

如在显微镜下注视一枚单细胞那样全神贯注地观察

一个街角，一行咖啡馆墙纸上的中文涂鸦，这样小的事物，如果心不够静，怕是连看都看不见的事物，如果你能安静地注视它，就能看到。它即便微小，却也构成完整的世界。如果能让自己回到初中时代的生物课，想起老师为解释细胞而举例一枚鸡蛋，蛋壳是细胞壁，蛋黄是细胞核，这一枚鸡蛋的形式，其实也就是整个世界构成的方式。从对那些细小事物领悟到的东西，你差不多也就认识了整个世界大概的面目。能想起当时老师举着一枚鸡蛋说的话吗？它就是细胞最基础的样子。

再复杂精美的心灵，都是由这样的细胞组成的。旅行对这个世界上的人与人心的认识，也许就要从认识大千世界中的一个个散落在路上和屋内的单核细胞开始，和结束。

旅行说到底，是要认识和找到什么，带着内心挥之不去的那些疑惑与感伤，犹如亚当那根失落的肋骨永不能停歇的疑惑与感伤。它就像一个失物招领处那样充满等待与找寻的气氛，终日敞开着一个空荡荡的小窗口，等待。

每个中国孩子都在历史课上听说过，中国有许多上好的古董，现在都收藏在伦敦的大英博物馆里。也许，这就是在大英博物馆的东方艺术馆的中国馆里，有超过一半的参观者都是中国人的原因吧。

学生模样的年轻人，握着日本产的数码照相机，背着美国产的双肩书包。也有人带来了自己的金发男朋友，手拉着手。大英博物馆里，陈列着无数好东西，希腊的神庙，伊拉克的巨型浮雕，埃及最好的木乃伊，人们匆匆经过中国馆，朝它们去。而中国孩子，则拐进了中国馆。他们来看在中国已看不到了的好东西。

走近他们，就能听到他们用中文轻声惊呼："这就是被八国联军从圆明园抢去的《女史箴图》吗？"历史书上提到过这件事，

所以都还记得。但是，这幅画却不是。《女史箴图》被藏在博物馆斯坦因密室的西墙上。只有一个中国学者亲眼看到了它，还是偶尔。

“这就是被那个叫什么的英国人从敦煌砍去的佛头吗？”大英博物馆的确有个斯坦因室，一百年前，当斯坦因将敦煌文物捐给大英博物馆，就成立了斯坦因室。但很少有人能确认这个佛头就是那具如今站在敦煌风沙中的那个无头佛身的。

中学历史课本上提及的那些悲伤的故事，就这样，在万里之外的英国，模模糊糊地从少年时代汇考的回忆中跃起。

“听说圆明园根本不是英国人先下手抢的，而是太监和宫女们先下手偷，后来老百姓和古董贩子再连偷带抢，最后英国人才下手。”有人说。

“听说敦煌的雕像根本没有足够的钱保护，过不了几年，就要关闭洞窟。那时候，要看一眼敦煌的雕像，只能跑到伦敦来。”有人说。

“听说大英博物馆里有两万多件中国文物，可是大多数都不展出，好多连修都没修好，就在库里存了一百年。”有人说。

这些历史课本上不曾提到的坏消息，拖在历史故事的身后，如同遗腹子。

这些在玻璃柜子前窃窃私语的中国孩子，是些好孩子，也是些可怜的孩子。他们一定愿意从容地生活和学习，像地道英国孩子，并在假期时去博物馆闲逛，但终于还是不能。他们的生活里有一种宿命的沉痛和尴尬，即使被人混淆为日本人和美国华裔，也无法摆脱。也许在中国时，他们还未曾意识到，要到了英国，宿命的阴影才笼罩上来。

也许就因为知道中国的古物是如何不情愿地来到大英博物馆，所以心情才这样的不正常：看到有人默默站在希腊石像前徘徊不去，似看非看，却又不是心不在焉，就猜他是个年轻的希腊人，和中国孩子一样，也特意找到存在英国人博物馆里的故乡古物看。

想必他上中学的时候，也在历史课上听说过本国遍地的石像与神庙是如何流散到世界各地的博物馆里去的故事。想必那些不动听的历史故事像不合脚的鞋子夹痛了娇嫩的脚一样，不光夹痛了中国孩子的心，也夹痛了希腊孩子的心。一个人在年轻时，最受不了这样来自历史的侮辱。那时总对自己有些高尚的期许，以为那些事如果现在发生，自己总可以出得上力。可对历史上的事，只好干着急。想必那些古老文明的年轻一代，印度的，埃及的，中国的，希腊的，这些孩子在伦敦，心情总有一种不甘。这种不甘来源于少年时强烈的自尊，尚单纯的心，为那些古老的伤痕，有些恼羞成怒了。所以他们的脸色都不好看。

埃及政府曾向世界各大博物馆提出过归还被抢文物的要求，说得很有道理。但全世界的游客都看到了各大博物馆对埃及文物出色的保护，都享受到了大英博物馆常年向全世界免费开放藏品的慷慨回赠，许多人都在心里嘀咕，吃不准倘若这些文物真还给了埃及，还能不能得到如此好的保护和利用。埃及和希腊，中国，印度一样，都是穷国，到底穷人有能力保存好自己的文明吗？特别是那些曾大富大贵过，又破落了的穷人，他们还能有沉静的心赏玩自家的古物吗？他们当真懂得如何得体地款待全世界的爱好者吗？人们心里嘀咕。那些大博物馆回应说，当今，工业化的世界已成为一体，农业时代的古老文明已然成为全世界的精

神财富，从前是谁的，已不再重要。现在如果谁能做到更好地保护它们，更方便人们利用它们，光大它们，就应该让谁来保有它们。这是不是一种弱肉强食的逻辑呢？想必这希腊孩子在大英博物馆的希腊馆里，虽然时时觉得尴尬，却也不得不如此权衡。想必他也明白，自己国家做不了这么好。

真尴尬。

其实，将这些东西都好好地保留在大博物馆里的念头，会在年轻一代心中悄悄占了上风，就像小时候，总会不由自主亲近父母中那个能从包里拿出新玩具来的人。在这个说是全球化，实际却是美国中心的时代，他们更喜欢看到自家的文物被如此精心地保存着，放在世界的中心，受人赞美。而不是像他们的国家那样，正无可奈何地渐渐成为世界的边缘。这天杀的念头，像阿拉伯瓶子里的怪物一样，一点点不道德地侵占了本可以一派晴朗的心。

我看见从中国馆出来的中国孩子们小心翼翼地绕过希腊孩子身后，不打搅他的沉思。他们离开那些精美的瓷器和玉器，刚放下心中块垒，此刻在心中空出来的那地方，正好能放下许多的同情。

德国柏林——爱的大游行路过的一条街道：男人们

德国的男人看上去比较像女人想象里的男人，他们比较严肃，比较认真，长得比较硬朗高大。我在图书馆工作，周围都是书。要是书架上有一本书没有放齐，你只管等着，一定会有一个路过的男人匆匆走过去了，再转身折回来，将那本书码整齐了，而且，还要将身体向后仰去，左右看看，检查一下，再离开。他们也有某种幽默，但大多是轰然大笑，不会嘻嘻地低声笑。他们走路走得快，跨大步，风衣的下摆拂起，好像一架坦克，隆隆地开过来。

正因为对德国男人抱着如此印象，所以，当我混进柏林的爱的大游行的队伍里，渐渐发现彩虹旗下，大多是男人，才意识到，这个女人像男人，男人更像男人的地方，竟然有这么多男人其实不想当男人。

他们将自己扮作风情万种的女人，而不是普通穿汗衫和蓝粗布裤子的女人。他们穿着二十世纪初的长衫短裙，用羽毛做的长围巾绕在肩膀上，他们戴着黑色的假发，和绿色的长项链，他们是二十世纪初柏林黄金年代的淑女，他们手里还拿着各种各样又细又长的烟嘴，他们弯起的胳膊上还挽着一只带着发黄流苏的小包包，它让人想起来，旧小说里描写过时髦女子的包包里，装着一支美国口红，一盒英国粉饼，一盒埃及香烟，还有一把勃朗宁女用小手枪。原来，他们并不向往成为现代女人，他们要自己扮作世纪初的淑女，因为生活中已找不到这样的女人了。他们就这样摇曳生辉地在女人们面前走过去，好像要告诉我们，男人的理想到底是怎样的。

有时他们并不扮作女人，他们搂着自己的女人来游行。都说德国男人喜欢东方风情的女人，他们的女人也来自东方。但多看她们一眼，就发现那是扮作女人的东方男人。原来，他们自豪的是，自己有个扮作东方女人的男人。那异国来的情人有着浓密的黑发，热带棕色的细腻皮肤，还有东方人特有的温存与安静，以及颜色奇异的衣裙。身上散发着咖喱和椰子的气味，说鸟鸣般的语言，带着启蒙时代留给欧洲的东方迷梦。

当这样的游行小组经过，人群中就响起掌声和口哨声，好像在迪士尼乐园，白雪公主在游行队伍里出现。

仲夏夜，明月夜，在密西西比河岸上，一辆道奇车里，挤了六个作家。两个捷克人，一个智利人，一个以色列人，一个印度人，还有我，一个中国人。车窗大开，为了能多闻到夏天密西西比河上飘来温暖的水汽，有时还能闻到河中的绿洲植物散发出来的辛辣香气。道奇车的音响里，播放着《汤姆索亚》的声音书。波利姨妈正在唠叨。汤姆索亚正在使着他的小伎俩。坡上的木栅栏雪白的，刚刚漆过。

车里的人，谁也没想到，自己会有一个夜晚，在密苏里的密西西比河岸上飞奔，会路过像汉尼拔一样的岸边小镇，看到白色木篱笆后亮着灯的门廊。当我们路过河岸边的村子时，娜塔莎就拐进村子去，兜几条街。下了纱窗的门廊里亮着灯，能闻到西瓜清新而香甜的气味，还能听到后院孩子的叫声和狗吠，以及高中生的敞篷汽车里播放的音乐声，有时音乐中断，就能听到国家广播电台的点歌节目主持人的说话声。

两个捷克人，娜塔莎是在捷克的小村子里时读到的小说，那时，她正随做教授的父母到处迁徙，从捷克到瑞士，辗转于欧洲各国。后来，她又跟着丈夫来到美国。可马克，却是在中学学英文时才读的，他的中学时代很孤独，因为捷克解禁，公民突然就可以到西方世界旅行，他父母立刻撇下他，常年在欧洲各地旅行。因为孤独，他开始疯狂学习美式英语，读美国小说。智利人是个诗人，上小学的时候读到的，这部小说让他爱上了美国大地。以色列人是个小说家，在耶路撒冷的一间公司做小职员，下班后写小说。他介绍自己时常说他的生活方式和卡夫卡一样。他在中学时代发现自己可能是个同性恋者，这个发现差点毁了他。

有好几年，他只关在自己的房间里苦思冥想，或者阅读。《汤姆索亚》，令他想起来的，就是那样晦暗的少年时代。印度人小时候读的是莎士比亚，到了大学学文学，才读美国小说。但他那时已经开始写诗，写的是传统题材的诗歌。他作为一个克拉拉的西化少年，努力向印度传统的回归。然后是我，七七级学生的英文课，教育部还来不及为我们准备合适的课本，所以，英文老师就拿《汤姆索亚》做了我们班的英文书。我因此而精读了这部小说。在一栋有爱奥尼克柱的旧建筑里上英文课，走廊里充满了没冲洗干净的厕所里散发出的阿摩尼亚气味，那是种重生的气味。密西西比河岸上的月光，让我想起的是英文课室里的阿摩尼亚气。密西西比河岸上的草丛里，低低地沉浮着无数萤火虫，小小的淡绿色的荧光，忽明忽暗。

仲夏夜，明月夜，河里有一条写着马克·吐温名字的白色蒸汽船缓缓经过，好像与我们并肩而行的梦境。马克·吐温和汤姆·索亚，像一把十字螺丝刀，拧松了作家之间对心中故事和细节本能的缄默，从世界各处偶尔汇集在道奇车里的人，因它们而成为知己。

如今，河岸上结成的知己，都已星散在各自的生活中，彼此失去了联系。

旅行的时候，比较能感受到人生神秘的部分：生命中的某个时刻，偶尔相聚的人可成为知己，这样的缘分，各自在无知中早早埋下伏笔。不过，仅仅一夜，缘分到此为止。

德国柏林——旧宅院客厅里的一堵墙：社会主义现实主义的作家们

在过去的东柏林，现在的柏林东头，一座公园深处，有一间东德时代的文学馆，现在还保留着。

老楼里现在很安静。与我去过的其他德国城市的文学馆相比，它显得暗淡。它的地板松动了，走上去吱吱嘎嘎地响。它的玻璃窗上落满了雨痕，好久都没擦过了。它天花板上泛出了黄色，好像是开会时被香烟的烟气熏的，也没有及时刷白。总之，它像一个被迫离婚的人那样失意。也许这是我的心理感受，因为我已经知道，它作为冷战时代的文学中心，已经被抛弃了。

就这样，我走进了一间小礼堂，在白漆斑驳的落地窗前，我看见一支老式的扩音器，方头方脑地，孤独而沉默地站着。

在墙上，我看见许多作家演讲时的照片，我想，他们都是这个文学馆邀请的作家。他们应该是20世纪社会主义阵营的作家，苏联的，南斯拉夫的，匈牙利的，捷克斯洛伐克的，波兰的，东德的，阿尔巴尼亚的，古巴的，朝鲜的，越南的，中国的。在照

片上我找到一张亚洲人的脸，他看上去不像是中国人，也许他是个朝鲜人，或者是左翼的日本作家。他们使用的写作方法，大都是苏联式的社会主义现实主义。他们写的诗歌，大都是有马雅可夫斯基风格的。他们的作品里，要是写到音乐，有很大的机会要提到《国际歌》。他们都曾在这里朗读过自己的作品，那时他们的世界中，通行的语言是俄语。彼此称呼“同志”。

他们的脸上有种我曾熟悉的表情，抒情而压抑的，奋不顾身又小心翼翼的。是的，这是一种远离物质和日常生活的，非常精神性的表情。上个时代作家们的表情。

我吃惊地想到，如今，他们都已是上个时代的人了。

下雨的傍晚，即使是春天，维也纳也会冷到要穿棉衣。我去城中的哈维卡咖啡馆消磨一个晚上，带了电脑和照相机，打算整理照片。

点了米朗琪咖啡和李子蛋糕，脱了潮乎乎的外套，找好了电源，打开我的小电脑，如此的，在我喜欢的角落安顿下来，旧红丝绒沙发椅又暖又干爽，深深地坐下去，就好像靠进一个怀抱里。这是我最喜欢的旧椅子，每次到哈维卡来，进门就直奔这把角落里靠墙的椅子，要是被别人坐了，满心都不爽，就盼着他赶紧走人，我好一个箭步挪过去。

这是我在维也纳最有归属感的角落。

这时候，看到沙发边的墙壁上，老旧的壁纸上，客人层层叠叠的涂鸦里，浮起一行繁体字：幸福就是这样。

这么说，在我两次来这里之间的数年里，这张椅子上还坐过一个如此惊喜的中国人。他是来旅行结婚的吧，这么容易就想到幸福这样的大字眼。或者说，他在旅途上遇到了了不起的爱情。

而我，一个人。

本来好好的，此刻却被他的惊喜衬托出了寂寞。

幸福到底就是怎样呢？突然想起梅特林克的《青鸟》。二十岁的时候读这个剧本，为了“幸福就是一只不起眼的青鸟”而感动了半天，那时候，生怕自己太贪

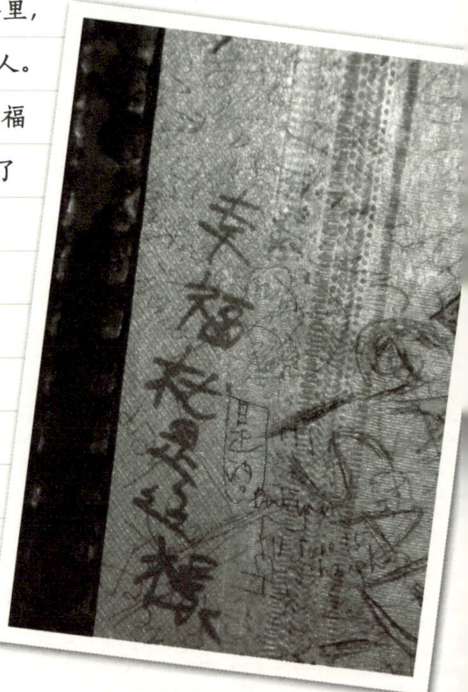

心。过了这么多年，这才发现，自己心中就是不肯承认，幸福是不起眼的东西。心里还是想要它光芒四射，鼓乐齐鸣，就像圣马利亚进天堂的一刻那样。

实在，人生里应该有些东西是十全十美的，比如幸福。

刚出炉的李子蛋糕来了，肚子咕咕叫，我饿了。咖啡煮得又香又烫，正是我喜欢的样子。它们像熨斗熨平白衬衣一样，一路妥帖地从食道里缓缓流下，一直到了胃里，暖烘烘地停在那里，简直像一个小热水袋。饿着肚子，一路在冰凉的雨里走到咖啡馆的身体，此刻完全舒展开来。咖啡因让我的头脑开始兴奋起来，并快活起来了。

突然想，也许这个人也是一个人长途旅行，漫长的路上，看着，想着。也是雨夜躲进咖啡馆，一切和我一样。胃里暖烘烘的时候，整个人新生一般，这样突如其来的快活，无人可以分享，所以才写在墙上。也许这个人不是因为太激动，而是因为太寂寞。也许这句话不是以感叹句结束的，最后跟着的是个问号。

所谓幸福就是这样？胃里已经暖烘烘的了，还跟自己过不去。

我拿出自己的笔，在旁边答了一句：“是的。”

德国法兰克福——一扇天窗：迷人的世界 ☼

旅行中不免会好奇。

德国中部的城市古色古香，让人想起格林兄弟收集的那些童话。虽然后来有研究者说，所谓格林兄弟的童话，却大多数是他们的法国奶娘讲的法国民间故事。

德国的古色古香里，少不了这样巨大陡峭的屋顶，和屋顶上像肚脐眼般小而结实的窗子。

那大屋顶费了我不少神。用了两个小时，坐在它对面的咖啡馆里，喝一杯咖啡，端端正正与它相对，因为，它也有种农业时代郑重其事的态度。

那是旧世界的遗物，意味着白雪公主和鲜艳的毒苹果，苔丝的谷仓，骑士和他的白马在古老的驿道上呼啸而过，莎士比亚的十四行诗，巴洛克时代在幽暗烛光里的偷情，维特式短大衣，塞万提斯的游吟诗人，偷偷写作，用男人化名发表小说的英国老处女们，茨威格小说里沙沙作响的长裙和玫瑰花，巴尔扎克小说里臭烘烘的羊皮假发和苍蝇痣，威尼斯阉人高亢迷人的咏叹调和伦勃朗认识的戴珍珠耳环的年轻女人。还有穿细腿裤子的欧根·奥涅金和罗亭。

遗物就是反射着太阳光谱的那滴水，能令人忆起一个消失了的世界——十九世纪。

那天，面对着肚脐眼般的窗子，虽然它们都紧紧关着，我还是看到了一个迷人的世界。

真不能相信，它已经远去两百年了。

奥地利瓦豪河谷——一具古旧的玻璃棺：穿盔甲的骷髅

王子已经死去许多年了，那种在童话里出现的，真正意义上的王子，那种义薄云天的，骑着白马的，能吻醒一个姑娘的王子，而不是现实社会中会离婚，会变老变丑，会在美国学微观经济学的王子。现在，他穿着插图里穿的盔甲，戴着动画片里戴的头盔，成为一副骷髅，躺在家族教堂里。欧洲到处都有他们的棺木和墓碑，在维也纳，在多瑙河流域，在温莎，在斯堪的纳维亚半岛，在法国和西班牙各地，在克里姆林宫的教堂里。这是我看到的最真实的一个，他在教堂的一具玻璃棺木里。王子让我明

白，他不光死去了，再也找不到，而且变成了骷髅。

棺木的四周总有些女人驻足，默默地张望里面的人。有些还很年轻，好像对这个现实很吃惊，而且恼怒。有些已经老了，少女时单薄挺拔的后背已变得圆润而松软，那样的后背承受失落的能力要大得多，只是有些悲哀，并不抱怨。然后，她们都离开了。

穿盔甲的骷髅并不太坏，至少它证明了，王子曾经是真实的存在。然后它证明了，他真的死了，没有别的。它真实地减轻人们在心中盘桓多年的被错过的不安。当你越过千山万水来到他面前，他仍旧穿着盔甲，佩着短剑，一切都像插图里画的那样。也可以说，他是等过你的，只是等不及。对于那些幼年时在童话里见到过他的人来说，这个骷髅就是安慰。

我在棺木旁边的椅子上坐了很久，看各种各样的女人来了，停下了，又走开了。有一个小女孩，带了一支玫瑰来，离开时，在母亲的授意下，将花朵放在十字架前。我想，这小女孩才是最可怜的。她太早了解了真相，并完成了哀悼。

马来西亚槟城——一枚硬币：回家

槟城老城的一处街角上，有一个涂抹了强烈蓝色的小院落，那是一处印度教的小庙。

雷雨将至的沉闷中午，走进蓝色的木门，屋里沉甸甸的檀香气味像老猫一样踱来，然后伏在我赤裸的脚背上。屋里没有人声。有个女人穿着鲜艳的纱丽，悄无声息地走进来，绕过我的后背，走到那扇合着的门前，俯下头去，双手合十，静默了片刻，就离开了。是这个女人，引导我过去看看里面是什么。

里面是一间洞穴般半圆的小室，正中放着一具棺木。

寂静中，沙沙地，又有一个穿纱丽的女人走来。她有点胖，走起路来摇摇晃晃。来到我身边，伏下头去，双手合十。她身上有股浓重的咖喱气味，还热烘烘的，应该是才烧好中饭，从厨房出来。她静默了片刻，也离开了。路过小木桌时，她沉重地俯下身去，捡来一张纸递给我。

纸上写着一个印度和尚的故事。这个印度和尚在十八世纪辗转来槟城传教，死在了槟城。他的遗愿是将尸骨埋在家乡的土地上，但几百年过去了，却一直没有实现。不过，几百年来，小印度的邻居们一直照料着他的小庙和他的棺木，没有将他入土。几百年来，门口的小木桌上放着这样的字纸，在字纸旁边放着一只铜罐，愿意帮助和尚回家的人，可以在读完他的故事后，为他留下一点路费。

我过去看了看铜罐里，有一些小面额的纸币蜷缩着，还有一些硬币。我也放下一些硬币，硬币泻下，铜罐叮叮当当地响了，好像对那和尚说，我们回家吧。其实，这却是个不能实现的心愿。要多少万个硬币，才能买一张船票回家呢？要怎么找，才能找到这和尚十八世纪时的家呢？要怎样的脸出现，才能确认他们就是与和尚同血缘的亲人，才能将这和尚的棺木放心交还给他们呢？

奥地利维也纳——一间咖啡馆：女人们

维也纳的博物馆咖啡馆，米朗琪咖啡似乎比别家的都浓，像迎面一掌似的，一杯下去，整个人都被提了起来。

环顾四周，这家青春艺术风格的著名咖啡馆，是维也纳少数几个终于被改变了风格的地方，当年的椅子全进了博物馆，浅绿色还留在墙上，店堂里曾经的先锋与时髦荡然无存。因此，也看不到捧着孤星导游书的游客，梦游似的晃进来，双脚软软的，好像走在圣殿里。店堂里，有一个生意人，在笔记本电脑上噼里啪啦地写计划书，两个学生模样的青年正睡意蒙眬地准备功课，还有就是十来个中年妇女，轻声而繁忙地交谈着。

拼起来的桌子中央，放着一整张新烤出来的苹果派。

中年妇女们看上去差不多是同年，因此，她们大约是女子中学的校友重聚。看她们当年浓密的头发已经渐渐稀少，所以长长短短的，留着式样相同的短发。她们的短外套里面，衬着花花绿绿的无领衬衣，因为人渐渐发胖了，露出整条脖子，在心理上会觉得比较清爽，好像游泳时从水里长长地探出脖子时，有种鱼跃的幻觉。看她们交谈时候的样子，在亲密的知己知彼里，还有经历了生活，已不那么好骗的微微冷酷，以及复杂的体贴与揭露并存的感情流动。少女时代的同学相见，才会有这样的神情，好像镜子一样的不许说谎，不许做作，不许伤害。

苹果派兜裹住了浓烈的米朗琪，在胃里缓慢而持久地散发它的热量，尖锐的咖啡融合进烤熟了的苹果，散发出酸甜舒适的气味。它们的滋味从胃里返回到口腔，有着清甜的回味。

照顾过男人，老人和孩子的中年妇女，其实懂得如何享受食物细腻的好。但她们通常是看上去最潦草的人，已放弃了年轻女子在点心桌前，像金鱼般的赏心悦目。较之金鱼时代，她们更像鱼缸里的清水那样实在，她们似乎一点也不怕在一家少有遗韵的咖啡馆聚会。

美国爱荷华——一驾带红色三角标记的黑马车：执拗

只有来到了安曼教徒的殖民地，才能看到在阳光下洗干净的衣物随风翻飞的情形。整个美国，只有这里，能听到衣物在风里飘摇时发出的噼啪声。

安曼教徒说古老的德语而保留了他们长途迁徙来美洲，保全信仰的史诗，以及信仰。

安曼教徒不用电，所以他们不用电话而赶着马车传递消息，不用电视而天天读报，不用电灯而在家里成功地保留了十九世纪的光线，也为他们的孩子保留了不会提前发育的瘦削和稚气，不用汽车而可以享受马车在土路上奔驰的缓慢生活。不用洗衣机和干衣机而与阳光仍旧保持密切的联系。在阳光灿烂的天气里，家中会大敞门窗，庭院里会前后都晒满了衣物被褥，回廊里会铺满了葡萄干，西红柿干，李子干，松露干，以及家制的干面条。

安曼教徒不用避孕工具，而有拖泥带水的大家庭。孩子们穿着哥哥姐姐剩下的衣服，大姐长着类似母亲的权威的脸，爹爹高高在上，一家人在礼拜天早上都穿戴整齐去教堂，厨房的炉膛里散发出烤鹅的油香。

安曼教徒不用化学饲料，而保证了他们村子里的鸡鸭牛羊都能自由地长大。那些牲畜在草丛里出生，在大树下长大，在春天漂浮着一层绿色浮萍的小河边恋爱和受孕，在牲口棚后的树下空地被杀。羊像耶稣般被绑在十字架上剥皮，男人们用的是老式的钢刀，内脏直接翻落到树下放着的大铁皮桶里，血糊糊的，散发着腹腔里新鲜的腥臭。

安曼教徒不穿T恤衫，只穿祖先来美洲时那些欧洲款式的长

裙，马甲，女人戴黑色宽檐小帽，男人戴黑色呢毡帽。孩子们平日光着脚，大人们脸上保留着十九世纪的严肃和稚气。每个周五下午，安曼教徒们都带了自家女人烘烤的面包，蛋糕和饼干到城里来卖，那是城里的安曼集市。那些糕饼带有扎实和朴素的口味，是古典而纯正的德国点心，不曾与任何其他地域的食物口味混合。人们总笑盈盈地来买点心，可每一样都只买一点，只为了尝鲜。对大多数胃来说，安曼人的点心太重了，也太单调了。

在外人心目中，他们的生活是有机的，如昂贵的有机食物一样究是令人怀疑又令人向往，如衣物在风中自然的翻动声一样令人心中既好受，又不好受。

中国云南——一湾清流：宋朝的好山水

从昆明去香格里拉的路上，可经过大片寂静山水，浅褐色的土地，深棕色的枯树，一条条细细的水流，还有远处的山，深的灰蓝，浅的灰蓝。没有鸟，也看不见人。

车行一整天，只与无声的山水相对。

渐渐觉得眼熟，诧异地猜想，才发现这样的山水，原来和宋朝留下来的山水画相像。那些古代的山水树木，被人用柔软的毛笔细细描在上好的绢上。一千年前的绢，已经黄了，脆了。它们隔着博物馆擦得干干净净的玻璃，与我相对过。它曾像一块水晶做的镇纸，清亮地压到我像纸一样轻脆的心上。它使人心镇定，安适，而且空旷，犹如与神面对面坐下，神和我，彼此并无所求，只是清谈。

我曾安慰自己，那是宋朝的山水，我生得太晚。

在云南，我才知道那淡褐色，是隆冬时自然的颜色。

在大地上某些杳无人迹的地方，宋朝的山水仍完好无缺。

停了车，从高高的公路路基上跳下去，踩进厚厚的干草里。耳朵里嗡嗡地响，好像什么地方，有蝉在叫。又好像是汽车驶过街道的沙沙声。或者，收音机里短波频道里的电流声。但也许，只是因为太静了。就好像一条舌头，吃过五味后，即使再吃白米稀饭，舌尖上还是五味犹存。让感官不再喧嚣，也不是件容易的事。

过了好一会，才在寂静中定住神。浮到眼前的，还是博物馆里的宋朝山水。在玻璃里能看到自己的镜像，举着头默默仰望，好像仰望明月的小狗。

即使走进宋朝的好山水里，还是会惆怅。而且，更让人惆怅的是，现在已不能用“生得太晚”来安慰自己。我突然想起了和尚们。他们怕自己身上的秽物落到神殿里，总是将裤脚扎起来。不知为什么，面对这样的山水，我像神殿上的和尚那样自惭形秽。

多年以前，因为去敦煌的飞机误点，不得不在咸阳机场住一夜。于是，傍晚就去了咸阳城里。学中国古典文学的时候，知道了许多关于咸阳的旧事，它是农耕文明的发祥地，它曾是周朝的首都，曾是秦汉时代的帝都，它是汉族历史上最响亮的地名。

去城里的路上，路过一处平原，黄昏时分，苍茫天光里，只看到有此起彼伏的土黄色的大冢在平原上绵延。那就是在李白诗里提到过的“汉家陵阙”，上千座一千七百多年的贵族陵墓，分布在古老的平原上，望不到边。塬上古老的陵墓，看上去既庄重，又茫然，想来，陵墓里的人早已灰飞烟灭，后代也早已遗散，失去意义的陵墓却还完好无缺，甚至没有被盗过。

然后，见到了渭河和泾河的交汇处，那正是当年诞生“泾渭分明”这个成语的河岸。河岸上有一座灰白色的水泥桥，桥上在暮色里闪闪发光的，是又脏又旧的德国大众汽车灰扑扑的挡风玻璃，和上海产脚踏车镀了克鲁米的龙头。

在一个反复出现在汉族古代历史里的地方，心中总是有迷惑

和分裂的感觉。在咸阳，还有一种迷失感。咸阳县城，现在是个再普通不过的西北小城，怎样看，都是地道的三十多年历史的小城镇的作风。街边的小饭铺里有赤膊男人用筷子在夹酱炒茄子，散发出辛辣的新鲜大蒜气味。

满城都没有一栋古建筑，当我想到《阿房宫赋》的时候。也没找到一棵古老的柳树，当我想到上林苑的时候。没有箫声，当我想到李白的时候。

我路过一家卖皮影的小店，见到了用猪皮刻的彩色仕女，听说它是西北传统的工艺，就要绝迹了，便赶紧将它买下来，小心翼翼提在手上。一到七点，从敞开的临街木窗里，不同的电视机异口同声地传出了中央台新闻节目的开始曲。女播音员熟悉的平稳嗓音，使得街道上充满了偏安于一隅的轻松气氛，这气氛甚至令人感动，当我想到在《史记》中记录的残酷的帝王故事。两千一百年前，司马迁在离这里不远的小村子里写下的故事，至今还在中学和大学的课本上，被学生们背诵。当年的小村子现在还住着人，被一大片玉米田包围着。

李白来到咸阳，心中充满对旧都的追念。而李白也已经去世一千两百多年了。古老的地方，层层叠叠的往事，总是复杂的。

博物馆已经关门了，但还是容我进去看了西汉的兵马俑。那是简陋的展室，朴素的水泥墙和水泥地，屋里黑压压地站满了西汉的彩陶士兵。我找到一道目光，正静静直视着我。他是一个汉族青年，生活在咸阳还极繁荣的时代，那时五陵塬还仅仅是一块肥沃的平原，咸阳的路边还种满柳树。他长着一张自信的脸，目光也很清澈，他一点也不委琐，亦不夸张和黩武。他有一种未经沧桑的清朗与温和，哪怕他是个士兵。他让我想起了梁启超的

《少年中国说》里的句子。我的孩子考试前，站在我面前曾琅琅背诵："红日初升，其道大光；河出伏流，一泻汪洋；潜龙腾渊，鳞爪飞扬；乳虎啸谷，百兽震惶；鹰隼试翼，风尘翕张；奇花初胎，矞矞皇皇；干将发硎，有作其芒；天戴其苍，地履其黄；纵有千古，横有八荒；前途似海，来日方长。"

可惜，他是个西汉的兵俑。

中国云南省腾冲——一杯月光白：边陲之垂

中缅边境上有个小镇，垂垂边缘，被九十九座火山包围着。那里却是西南丝绸之路的一处驿站，有一段古老的茶马古道，越过大山与原始森林，通向南亚各地。从前，从中国出去的茶，丝绸，从南亚各国进来的玉石，翡翠，木材，鸦片，都经过这里。马帮源源不绝。所以小镇虽然地处边缘，却无乡陋之气。人们见到生人，微笑致意，毫无局促。

小镇上的男人大多是马帮的，常年在外跑生意，留下女人，孩子，和一个青山绿水的小镇。男人在外挣到了钱，就回家来修路，挣到小钱的男人，至少也要为家乡修上三条路。挣到大钱的人家，则是多多益善。

即使是这样努力修路，小镇还是与中国的广大土地相隔于重重大山之外。四十年代，上海出版的《新民报》，要途经越南，辗转送到订户手中，倒比从昆明来更快捷。八十年代后，中国小镇上的古风差不多被破坏殆尽，千镇万镇，都长着活像一张劣质瓷砖，但这里却还保留着完整的氏族祠堂，木建筑的大门两边，保留着黑底金字，对仗工整的对联。如今走进小镇，遇到文化老人，还会被邀请来做对子，他出了上联，你来对个下联，平平仄仄，不能混淆，用词还要风雅，能吊书袋。街上的图书馆，存着一些善本书，也有八十年前的报纸。屋后吊着一块大匾，上书咸新社三个大字，那还是“五四”时，小镇的青年学生发起的读书会的招牌。

入夜，小镇上鸦雀无声，女人和孩子都早早上楼睡了。男人们在楼下喝茶谈天，木头屋子并不隔音，笑声轰然传上来。男人们并不嗜酒，倒是喝茶。喝的是本地产的普洱生茶，叫月光白。茶水金灿灿的。据说制作这茶，不让茶叶见阳光，只靠月光晒干。这茶，喝到十遍以后，醇和的香甜气倾泻而出，仿佛人到中年后的温柔敦厚。这里的男人还讲究雅兴。

外面深蓝色的夜空里，印着黑色的山脉，没有峰峦，绵延不绝，因为它们是寂静下来的火山，被当地人称为“空山”。

中国江苏省高邮——一座竹园：陈从周的园子

也是偶然的，路过高邮。停下歇脚，就走进一处僻静的园子。

江南阴沉的春日天光之下，细竹飘飘荡荡，几乎遮住明代的小径。小径上的青砖碎了，碎缝里长出青草。一扇月亮门空空荡荡，连鸟鸣都听不见。

这是一处毫不惊人的园子，闲散宁静。人说，这是陈从周当年主持修复的一处园子。

从未听说过陈从周还在这里修复了一个小园子。他出名的作品，在上海，在云南，在纽约。纽约的大都会博物馆里，有他设计的明轩，那是中国向海外输出的第一个中国园林。到大都会博物馆中国馆的人，没有不去明轩看看的。可纽约也是陈从周的伤心地。他的大儿子在那里，被一个黑人杀了。

高邮虽然古老，在秦始皇时代就已是重要的驿站。但五十年代时扩建京杭大运河，将老城淹去了一半，原先城中的镇国寺，成了运河中央岛上的一座塔。想到这些往事，连这园子都不免带上劫后余生的仓促之气。

园子寂静无声，竹叶在风中发出湿润的沙沙声，到底是江南的春天，雨水充沛，竹叶的声音都是温润的。

这园子的好，是古朴清静。它全没有哗众取宠的念头，也不曾有取悦游客的谄媚之气，与绝大多数被旅游时代摧残的江南园林大为不同。不知江南多少幽静园林，都只是败家子们眼中的钞票。

难得它还藏着古代园林中一股文人的清气，由陈从周安置的竹与桢楠树护着。即使他也已去世十年，但他的气息仍徜徉在园中，温润爽朗，清洁安稳。

站在竹下，只觉得一颗心向下落去，落到最安全的地方。它叹了口气，安顿了。

马来西亚槟城——一座长满青苔的石墓：客死他乡

去看异乡的墓地，是我的爱好。

到了墓地里，最喜欢看到的，是客死他乡的异乡人墓地。

在马来西亚的槟城的乔治城，我看到了一个英军和海员的小墓地。

石碑都剥蚀了，石棺上长着青苔。里面，是两百年前来到南洋的欧洲人。

离这里不太远的街角，有一座几乎被埋在热带茂密花园里的白色房子，东印度公司式样，带有回廊和百叶窗的，那时在槟城登岸的英军船长的旧宅。他在南洋有个本地的爱人，是个蝴蝶夫人般的爱情故事。

船长也死在南洋，也埋葬在这个墓地里，他的石棺，有一个半圆的拱顶，好像罗马神庙。

客死他乡的人，都用自己的命运演绎了一个好故事。

来墓地闲逛的人，听到了，就听到。没听到，也能感受到那好故事的气氛，那是种安静下来的漂泊感，如在墓地里低飞的鸟那样，你能听到它掀动翅膀的声音，但看不到它那黑色并带有棕色花纹的翅膀。而即使是看不到，你还是能感受到它的飞翔。

客死他乡的人，用一生写成的好故事，就在墓地里这样飞翔着。

在墓地里感受着它，我的心总是很快就变得辽远了，好像那些翅膀将我带到了一个巨大的空间里，能看到生命来来往往，顺从地背负着它的命运。

欧洲的这些男人，为追逐他们的命运，成为二百年前的船长和士兵，不远万里，奔赴热带的东方。

马来西亚吉隆坡——一张旧照片：离散者 ☼

在南洋，在一栋老屋里，墙上挂满了华人的照片，他们是历届洗衣业者协会的成员。从前在南洋各地，华人开洗衣店，算是传统的行业。

那些洗衣店业主默默对着镜头。勤勉而驯良，寂寞和警觉，这大概就是离乡者的表情吧。

离开故乡和亲人，到异乡去谋生，这样的人，就像一片树叶，想要落地生根一样。那样的难，有时自己都不相信能梦想成真。但生活大多数时间是不会让人绝望的，所以无论是如何的难，还是能看到朦胧的希望，日子就在加倍的努力中度过了。但生活也不会让人绝对的安心，所以总是小心翼翼，很难放纵自己。就这样，日子也像水一样流过去，你看那些照片里的男人们，血气渐渐弱了下来，线条也渐渐柔和了。那寂寞和警觉的表情，也像皱纹那样刻在了脸上。他们走在阳光浮白，树影憧憧，懒洋洋的溽热街道上，你还是一眼就能认出，他们是离散者。

在南洋，橡皮树的叶子要是落在合适的泥土里，真的能长成另一株大树。人也是这样。

不过，离开了家乡的人，和在家乡生活的人，渐渐的，就长成了不同的脸相，这却是真的。

太平洋上空——一对青年：机舱小记

在美国回上海的飞机登机口前，看到一对年轻的男女，没带大包小包的奢侈品，也没有大呼小叫，有点累，有点满足的样子就是单纯的旅行者。在长途飞机上，遇见健谈的美丽乘务长，她已经在国际航线上飞了十年。她说，现在中国游客带上飞机的免税奢侈品最多，远远超过一人一件随身行李的规定，好像跑单帮的。

在飞机上，看到那对年轻人端正靠在椅子上，想必是累死了，睡得死死的，但还保持着在公众场合里的端正睡姿，将安全带扣在毯子外面，照航空公司的规定。有人隔着中间两个乘客打牌，有男人脱了他的古奇便鞋，才看到他穿着女人的短筒简易丝袜。那两个年轻人，像曙光般可爱。乘务长说，光有钱是不行的。

飞机落地，尚在滑行，人们已经纷纷站起，并打开电话，通报安全抵达的消息，短信声一片。乘务长一遍遍劝说大家坐下，我远远看着那两个年轻人，他们好像岩石一样安稳地坐着。在我看来，这也是中国的希望，中国人的面子和光荣。

我刚开始旅行时，中国游客很少，也没什么钱，但人们知道我是中国人，不是日本人，都愿意帮忙，因为知道中国人没什么旅行经验。也很好奇，想知道中国人如何看他们的城市与自然。
现在中国游客很多，但只有奢侈品店的店员对他们最有兴趣了。在我看来，这是全体中国人的悲哀。

旅行是非常私人的事，不可文化沙文主义。但总也有些公德要遵守，何况这毕竟不是逃难，而是旅行。乘务长说，飞新德里的时候，曾有人在过道地毯上大便，很异国情调地用长袍子盖在腿上。当机舱里一片短信声的时候。这也算是异国情调吗？终究是悲哀的异国情调啊。

我们需要游客守则教育，出门看世界的和出门买包包的一视同仁：第一，公众场合不要大声说话，过海关等待时不要打电话，飞机没停稳前不要起立。就像家长教育小孩子，出门后要穿好衣服，见到熟人要问好招呼，不可随意吵闹一样的。

第三章

在旅行中张开感官，恢复孩提时代对一切感情的感应力

听觉，嗅觉和味觉，温度，湿度相关的触觉，以及内心对气氛的感应，这些都是旅行时的另一个空间，这些真实的身体感受，最终会像一双手那样轻轻推开你内心世界的大门。当旅途中你渐渐敞开了内心的门，你便永远都会记得那些感受到的东西，那段旅途就成为你在内心世界里的风景，永远都在那里，永远伸手可及，比一张照片更多。

这种身体上的知觉以及感受，带给记忆一种真切的体验感和拥有感，有时，对记忆的触动不是理性的，而是感性的，那些知觉在理性还来不及唤醒你的时候，就已经在身体上唤醒你。那种唤醒，犹如在睡梦中被一双手温柔地摇撼而醒来，心中一片安然。

如果你有细腻的感受，这几乎是所有的人在生命的最初都拥有的能力，并不是特别的天赋。也许粗糙的生活将它们掩埋起来，就像在孩提时代，我们每个人都有比成年后更敏锐的感应能力一样。生活总会在你搏斗时，令你忘记自己曾经拥有的能力，但是漫游式的旅行会让你恢复。那时，你在多年前一间旅馆前台听到一根针落在桌面上的轻响，也会在天长日久后深深记得。同时还记得那间波兰小城里的旅馆里，有股炖清汤牛肉的香气。你身后站着的那个旅行者，还未干的金发呈现出铜像般的颜色。那一年你三十三岁，有一双结实的小腿。于是，生命逆流而上。

爱荷华是个偏远的小城，坐落在美国中部玉米田起伏的深处。爱河岸边有间红砖旅馆，被邀请来参加作家工作坊的作家们住满了整个二层楼。上午是这间旅馆最安静的时候，走廊里睡意深沉，各个房间门口，此起彼伏地堆着隔夜的《今日美国》，还有茶色的空啤酒瓶，等待回收。

住在我隔壁的亚当过着日夜颠倒的生活，下半夜他开始听音乐。从开着的窗子里，我听到了从肖邦到鲁宾斯坦的无数钢琴曲，还有无数歌剧，无数大提琴。他住在波兰的克拉科夫，萦绕在我睡梦中的音乐，让我想起那个褐色的中世纪古城。

我想起1993年夏天在浴室窗台上咕咕叫的鸽子，想起欧罗巴旅馆前的杏树，深夜里散发出来的水果甜香，他的城市曾是我去过的地方。清夜梦回，散发着克拉科夫气息的音乐声，令我心中充满回忆。有时我索性起床，开一瓶啤酒喝，我一向喜欢听别人正在播放的音乐，喜欢隐约而至的音乐在那时呈现出来的私人气息。音乐是可以因为不同的人播放而不同的。

亚当的音乐激起了我对波兰的怀念。

深夜，胃里是空的，酒精很快就散布到身体各处，如同记忆中蕴含的旧情，在四周轻轻波动：那年夏天在波兰义无反顾的自己，如今又在哪里呢？我想是留在了克拉科夫。

美国中部的平原上，常有明亮的大月亮，夜里高悬在天空上。

亚当是个诗人，会写非常沉着的诗句，比如他写过：我从千里万里之外赶来认识你，似乎就是为了与你告别。我猜想，这是写给他的同性爱人的。那个男孩死于车祸。

在清澈的钢琴曲里，我想起他写的诗，想起1993年夏天的克拉科夫。广场上有个纪念碑，纪念碑的阴影里坐着一个老女人，专门给人算命。深夜也有无声的月光，洒满了每一块鹅卵石。克拉科夫在那些深夜几乎触手可及，盈盈满心，但已经过去了十一年。

美国爱荷华——两只抒情的手指：马祖卡

我和亚当，因为谈论夜半的那些音乐熟悉起来了。

后来，在一个讨论会上说到社会主义现实主义的创作方法，当然，全世界的作家都大加讨伐，他却说，创作方法是中性的，如果是个好作家，即使是用社会主义现实主义的方法创作，也可以写出好作品。在大家都热衷于享受美国式自由的文学讨论会上，他特别的态度，让我们成了朋友。但其实我们只是常常在一起跳舞，他尽心尽力教我跳马祖卡，不谈写作。

在芝加哥，我带他去唐人街，他带我去维克公园那里的波兰人社区。我们去了食品店，书店，唱片店，剧院，惊叹侨民的日常生活与祖国相比，至少后退了二十年，如同在邮局里无人认领的包裹一样。我们在彼此的帮助下，见识了二十年前的中国和波兰的食物和装束，但我们没有谈过写作。倒是一起去了他的朋友家，在那里吃到了波兰的萨拉米。那是种带有蒜味的柔肠，夹在面包里吃。

作家们聚集的地方，晚上常有朗读会。那些晚上，二十几种带有各国口音的英文横飞。索马里的作家说起他二十多年在难民营的生活。乌兹别克斯坦的作家时辰一到，就回房间去净身，面向麦加，祈祷。玻利维亚的作家谈论她的色情文学作品的社会学意义，她说，那是一个南美天主教国家有了香水和女式内衣广告后的必然结果。我们坐在酒桌附近只管喝酒，兼管为别人倒酒。大概我们都更愿意“王顾左右而言他”。

用纸杯喝葡萄酒，只能将葡萄酒毁了。在别人的朗读声里，我们试过用旅店提供的陶瓷杯子喝酒，用厚底的威士忌杯子喝酒，都失败。要舒舒服服喝一口葡萄酒，变得很困难。最后我们决定放弃，说：“不如起来跳舞。”

但却没有音乐。

亚当决定用手指教我跳舞。在放满酒瓶和瓶盖的桌上，我们各自伸出食指和中指，站定，代替我们的左脚和右脚。亚当开始轻声唱一支马祖卡舞曲，于是，我们的手指进退，跳跃，甩动，在桌子上跳起舞来。波兰是个浪漫而且老派的国家，每个中学生都上舞蹈课。所以，亚当会跳各种古老的轮舞和圈舞，他跳舞时只看舞伴的耳朵，这也是中学时代学来的规则。

德国柏林——一双蓝眼睛：细节奔腾

2013年在柏林，重逢我的朋友们，在初夏下午和煦强烈的阳光里。初夏凉爽而明亮的阳光，在柏林是金红色的。在梅林大道旁边的那些气氛自由自在的小街道上，在土耳其人沿街挂着红辣椒串的小咖啡馆里。在犹太人会堂的街口。在八月之夏咖啡馆隆隆的街车声里。

过了多少日子没见？上次是1997年？

哪里，更远，1992年5月，晚上去东部街上，晚上有人在家里灯火通明地跳舞。

我还记得在法兰克福书展上，那次你和米夏跳了一支舞。

如今金红色的阳光里他两鬓莫扎特式的鬓发一片灰白，但眼珠在阳光里仍旧忽然变成了蓝色玻璃珠。

上次我们见面时去了中东的工艺美术博物馆，还记得吗？我们用中文讨论过如何把这么美的手工偷回家去，别人都听不懂。

如今我看到她的脸由于岁月的关系没有了从前精美的窄长，颧骨变宽大了，东欧祖先的遗传终于显现出来。多年前我们坐在同一条街上的同一棵菩提树下，也是满树花香的季节，她曾告诉我有个犹太老人又搬回柏林住，因为实在不能忘怀童年时代的初夏，在街道上闻到的菩提树的花香。

如今我也不能忘记这样的季节和这样的芳香，2013年，我心仍旧荡漾不已。

是呀，人们很难忘记这样的黄昏。她点头同意道。

卢卡斯咖啡馆外面的儿童乐园里照例传来如今小孩子的欢笑声，此时，距离我第一次来这家咖啡馆已经整整二十年。所以，现在这样混合在菩提花的香气里孩子们的声音，与二十年前我第一次听到的笑声和叫声，已经过去了一代人。

我还是坐在遮阳篷下，眺望在沙丘与木头秋千以及麻绳吊环之间腾挪的孩子们，和他们年轻的父母。猜想这里是否有个年轻的母亲，二十年前在这里荡过秋千，我碰巧听见过她，此刻又一次看到了她。

那声音，稚气的声音，孩子们叫喊着，“伊琳娜，嘿，这里，伊琳娜。”黏在白皙前额上的缕缕金发，简单的德文单词在一个旅行者的回忆里奔腾着，那是我。

关于柏林一个街区的记忆，细微的气味，颜色，光线以及体温，甚至体味在血液中奔腾着，身体上的感受开始也回到从前，内在的那个自我从细微的记忆中静静坐起，岁月蒸发得无影无踪，似乎如爱琴海边上的古城以弗所中午酷烈阳光下一团水滴那

样。变成灰白的鬓发，变宽的脸庞，在北极冰盖上受伤，至今刺痛不休的膝盖，外科手术在身体上留下的那些陌生的疤痕，它们都被细微而真切的记忆冲洗干净。原来内在的自我，旅途中完整的自我，正攀缘着记忆的细节里溯流而上，它停止在那里，从未跟随躯体一起松弛，或者变得灰白。

我从未想到旅行带来的记忆竟是如此顽强地保护着内在的自己。

这就是总在心中惊叹岁月无痕的秘密吗?

那是青春永在的元气。

澳大利亚悉尼——一个楼梯间：完美青春

这是一间传统精英女子高中的楼梯厅，两侧的楼梯扶手上有大大的哥特体烫金字，一边写着UP，另一边写着DOWN。课间学生转换教室的几分钟里，穿深棕色羊毛背心和短裙的少女们抱着讲义，鱼贯地在这里经过，去到她们下一堂课的教室。此刻这里

一派安静，能听到有柔和的声音在朗读，从光滑的长走廊里，依稀传了过来。

这里保留着女中特殊的气味，空气中的微甜来自于女孩子新鲜的身体和口腔，微酸则来自于她们汗潮的脊背，腋窝，微臭一定是来自于她们的白色棉布短袜和球鞋深处，女中的女孩子们常常放肆地保留她们的体味，也许是因为她们不必在男孩子们面前伪装淑女。那些新鲜的，容易出汗也容易变得通红的身体，散发着植物般不知掩饰的自然气味。到了成年，就会变得清淡了。

还有一些幻想的气氛，来自于青春汹涌而至的心灵。一些阴郁的念头，一些羞涩的念头，一些狂乱的念头，一些不能阻挡的恐惧和欣喜，像热汤上的白烟一样浮动在女孩子们留下的气味之上，就像墙上女生们自己画的小幅油画，那苍白的脸是因为心中有太多的激情。而严厉且保守的灰墙，就像社会精英的传统对青春的压迫。

当我已远远地离开了自己的青春，才发现被抑制的青春，其实最浪漫。如果这里没有哥特体的金字，这里被喷满了墙画和青少年时代最喜欢的无厘头词语，浪漫的程度会大为减低。顺着金字鱼贯而行的女孩子们，像深夜醒着的小兽，眼睛在铁灰色的背景下亮闪闪的。她们的身体的确跟随金字温顺地上下，但她们的青春却像地火一样四处蔓延。如今我才明白，这样才算得上是完美的青春。

塞尔维亚贝尔格莱德——一扇橱窗：遗世独立

这是一个阴云密布的凌晨，2014年10月30日的凌晨，我在塞尔维亚最重要的城市贝尔格莱德老城转悠，由于时差，由于一部叫做《地下》的电影里超现实的场面。时差是个奇怪的东西，我孩子小时候第一次遇到时差，她以为自己生了重病，就要死了。是的，时差就是你与大家都不一样，晚上怎么也睡不着，直至焦虑，而到白天，却向得了乙型肝炎一样恶心欲吐。

我去街上转悠，见到古老的街灯一盏盏熄灭的时候，共和广场喷泉四周的露天咖啡座桌椅一下子黯淡下来，好像被遗弃者那样落寞。而喷泉则彻夜发出响亮的水声。

十九世纪大房子的底楼开着十九世纪气息的商店。书店保留着十九世纪面貌，书本都正正经经放在书架上和桌子上，不码堆。书店的木头橱窗里，暗杀奥匈帝国王储斐迪南大公夫妇，并引发了第一次世界大战的17岁少年的照片被一盏灯照亮了。他是贝尔格莱德大学的学生，他是黑手社成员，他哀伤地望着窗外，希望凭自己的手枪解放被占领几百年的国家。四年后他死在苦役营，肺病。是在这里，我第一次读到他的塞尔维亚名字：普林西普。今年是第一次世界大战暴发一百年纪念日，这个塞族青年，以悲哀的姿势，悄然站到了许多家书店的橱窗里。

古董店黝黯的橱窗上倒映着1999年美军接连三个月持续轰炸贝尔格莱德时烧焦了的房子，透过玻璃窗上的倒影，望见里面满坑满谷精美的旧瓷器，旧精装书，旧油画，旧首饰，旧箱子，旧嵌骨女式书桌，旧鼻烟壶，旧地图，旧夹鼻眼镜，仿佛一整个旧世界都在里面等待收藏，简直不能相信这是个在两次世界大战中都遭受过猛烈空袭的城市。而上了《孤独星球》的咖啡馆，透过窗子能看到满墙都是书架，书架上放满了印刷精良的精装本。然后，我路过塞尔维亚最重要的出版社，它也同样是家古老的书店，一个世纪以来它出版了塞族最重要的作家的作品。二楼的窗上一团寂静，但当年帕维奇在那里读完《哈扎尔辞典》的最后一遍校样。

九月广场旁的小街上有家老牌眼镜店。门上贴着一张海报。一副浅褐色的复古款眼镜穿过海报的纸张，准确地架在海报上面尼古拉·特斯拉的鼻梁上。这个天才的物理学家发明了交流电，一生都致力于寻找一种可不断使用的能源的探索。他曾拒绝与发明直流电的爱迪生一起领取诺贝尔物理学奖，并陷入贫困。但他为自己的故乡南斯拉夫赢得了巨大的美国援助，只是因为他在贫困中想要回到南斯拉夫养老。致力打压他的爱迪生与他一样，再无得到诺贝尔奖的可能，但曾有27位获得诺贝尔物理学奖的科学家先后向他致谢，感谢他启发了他们的研究思路。在他简单的葬礼上，有三位诺贝尔奖获得者代表这27位得奖者前往致敬。他是个被世界遗忘的人，我在他的像前再三辨认，游移在年轻时代的普鲁斯特和乔伊斯的面容之间无法确定，因为我从未见到过他的肖像。

贝尔格莱德的橱窗好像一架望远镜，让人看到它被世界有意冷落的那些价值观。这是另一间历史教室。

天花板上贴满带框古老油画的咖啡馆还未营业，和欧洲所有咖啡馆的习惯一样，夜里打烊后，椅子翻起在桌子上。而此时面包房已开门了，早起的人站在放满新鲜面包的柜台前，就着满屋烘焙的香味喝早晨的第一杯咖啡。由于奥斯曼帝国曾在巴尔干地区统治了几百年，本地的小店家至今还提供连渣的土耳其咖啡。和伊斯坦布尔咖啡店里的风格一样，也用小而瘦长的瓷杯子喝，也是滚烫的，深褐色的液体，也不加牛奶。在阴霾寒冷，到处都是年久失修大坑的街道上望向灯光灿烂的面包店，看到卷着袖子的年轻女人在柜台后面向新鲜面包伸出她粉红色的有光泽的胳膊，感觉到早晨特有的一种希望的气味，即使在贝尔格莱德这样战乱经久不息，曾被热热闹闹的世界集体背弃的古老城市里。这是各种文明在血腥中融合于食物中的希望气味，一切在味蕾上，得到人性的接受与欣赏。

这座城市据说已停顿了二十年，物价未涨，道路未修，店面未变，似乎被时间与世界都遗忘了。

天色渐渐亮了，我在贝尔格莱德的橱窗前走来走去，当我还未与这城中任何一个人交谈之前，它们展示了贝尔格莱德的面貌：它背着自己的过往，以遗世独立的逻辑生活着。

周日下午，阳光暖熟时分，于门厅幽暗处，靠在桃花芯木的旧式大橱上换上鞋。

“好啦，我走了。”

快快地下楼梯，三楼人家门边的擦脚垫子上写着呆滞的“欢迎”，二楼人家的门缝里传出来细微的音乐，底楼的门厅里有一个暗蓝色马赛克砌的凹室，看上去像是从前放一尊小雕像的地方。门缓慢而沉重地在我身后合上，“咔嗒”一声。“终于是结束了。”好像说。

街上到处都是周日下午令人格外放松的阳光，将后院背阴处冷清的丁香花气味隔断了。

快快地走到车站。这是个二十世纪初柏林黄金时代建造的旧车站，钢铁龙骨上钉着整齐的圆头钉，尖顶的车站办公亭，铸铁长椅，带着工业时代初始时天真的自满。露天的月台上阳光非常明亮，由于周日下午的缘故而格外令人难以辜负。是因为它做出如此的决定的吗？好像只想赶快出去，去什么地方晒太阳就好。

系鞋带时，望见公寓长走廊里，阳光在窗外的强烈反光。因为阳光的强烈，显得室内幽暗与绝望。

走廊尽头是书房，能看见长沙发椅的一角，橘黄色的垫子上还能看到争执留下来的皱褶。抵触和失望的凹陷，还有冷漠不快的纹路。从尽头走过来，是厨房。那里有慕尼黑带过来的旧白桌子，青褐色的桌面上有些凹痕，是从前燃着的烛台留下来的。十年前，在我第一次在这张桌子前吃晚饭时，那些凹痕就已经存在。至今，我的朋友吃饭前还喜欢将铜烛台嵌进凹痕里，点一支

白蜡烛。我就着一支烛光照过相，未被烛光照亮的半边脸总被埋在浓重的阴影里。多年来，断断续续，循环往复，我们真想成为天长日久的朋友，未果。

有乘客默默坐在长条椅上等待，薄薄的嘴唇抿成了一条细线，好像上演《等待戈多》。在默默等待的乘客旁边坐下，叹一口气，觉得什么都不用等，真是太好了。小时候打碎了无线电上的小雕像，忐忑了一整天，等到傍晚，母亲回来了，发现了，惩罚过了。独自来到阳台上，心情是难过的，也有逃出生天的轻松。小小的希望，甚至淡淡的欢愉，都在徜徉。这种悲喜互见，并不十分难尝。在厨房窗前能看到这个车站深绿色的顶棚，还有通向车站的浅绿色铁桥。红色列车缓缓开出，如果看，还是很耐看的旧世界遗景。

古老的红车缓缓开来，镀了雪亮克鲁米的车把手在阳光下闪闪发光，玻璃窗后面司机的脸也变得清晰可辨，是的，他并不知道发生了什么，而我知道。我能肯定这辆车带我离开维尼塔站，就像橡皮从地图上将这个小点擦去，这就是在门边道珍重，但不道再见的原因。

中国浙江省建德——一杯热茶：陌上草熏

这是一处偶尔经过的江南山坳，我想是在杭州以西的某一段乡村的路上。几个朋友，开了一辆简装版的别克车，从上海出游。那是个傍晚，我们经过一些竹林，山村，简单的公路，转过一座小山，眼前突然出现了一个葱绿的山坳，绿色连绵的山峰中有一碗细波潋滟的湖水，就像宋词里曾吟诵过的“绿水逶迤,芳草长堤”。山谷间能见到淡淡的暮色，就像董源的山水画里，那一笔静静而行，靠水色晕在细绢上的淡墨。

一车的人，忙忙地叫停车，一一从颠簸了一路的小别克车里走出来。又闻到森然的水汽，和春末黄昏时分，从山中植物里散发出来的树脂辛辣的气味。晒了整整一日的太阳，寂静山林中的气味充满了软熟清爽的香气。这就是宋词中所谓的“陌上草熏”吧。

这时从湖湾里，无声地转出一叶扁舟，沉思般地划过平静的水面。我身后终于有人出声了：“欸乃一声山水绿呀。”这是柳宗元的句子了，原来有人心头想的是唐代。总之，那些饱含着文人们对江南美景的爱意和精神寄托的精美句子，此刻在我们大家的心头此起彼伏。

从后备厢里取出杭州刚买下来的新茶，放在篮子里的茶碗，还有热水壶，里面有从西湖边茶馆里灌满的沸水。放下后备厢的盖子，将茶碗用沸水烫温了，斜斜地放在后盖上，将就着沏了茶。原先只想到在公路上飞奔的车里能有口热茶喝，一定不错。没想到，现在面对这处桃花源似的山谷，一杯热茶竟成了道具。有人叹道："难怪清末上海的文人们最喜欢上海到杭州这一路上的江南风光，从这里活生生就走到唐诗宋词里去，都不用酝酿感情。"

把着茶碗，面向青翠的山谷，一车的人再不说话，努力掉头回去。暮色四合，山谷堕入浓黑的夜色中。"昆明劫后钟声在，依恋湖山报夕曛。"这清诗表达的，正是此刻大家的心情吧。

大家回到车上，落座，开车，回到明晃晃的沪杭公路上，周日晚上，回上海的车，尾灯相追，风驰电掣，都想早些到家，洗澡，看一会电视。可怜我们，从西湖茶馆里出来时还神清气爽的，现在装了一肚皮陌上的茶水，反而累得都不想说话了。

中国西藏拉萨——一声藏獒的低吠：小巷

正午时分，经过拉萨的一条小巷。

瘦小的藏獒在墙根下沉思。它们让我想起在草原上见到的牧羊人，他一整天在草坡上仰面躺着，一动不动。早晨我路过他的时候，他躺着，黄昏时我回来，他还是那样躺着。他需要那么多时间沉思吗？

石头墙里住着的人，我其实不知道他们过着怎样的日子。在昏暗的室内他们读着密宗的佛经吧，在寺庙里，我看到他们的佛

有蔚蓝色的眼睛。室内的空气里充满了佛像前燃着的香油的气味吧，这是我偶尔经过他们身边，从他们的头发和袍子里闻到的气味。有一点像印度人身上的气味。在难以生存的高地，信仰变得很有力量，而且无法被打扰。

不知道住在石头房子里的人，是否还有完整的家庭，听说信徒们挣到足够的钱以后，就离开家去朝圣，一去就是好几年，也许永远都不回来。我在去纳木错湖的一路上都看到路边有熏黑的石头，那是信徒们野炊时留下的。尼玛堆上堆着刻满经文的石块，那是信徒们的奉献。还有那些匍匐在尘土里朝拜的人，在雪山下冰凉的湖水里洗浴的人，他们也许都是从这样的小巷里走出去的。亲人离去的房间里，总会有些哀愁遗留下来吧。

经幡在屋顶上哗哗地响，听说，风每一次翻动经幡发出的声音，都是向天上的佛致敬。这是我在小巷里听到的唯一的声音。

细想起来，这也是我在西藏能听懂的唯一的声音。

在高原，我一直睡得浅，在夜梦里也能分辨经幡在风中的声音，我想它们是从那些藏人住的小巷里传来的。

印度拉贾斯坦邦——一些水滴：淙淙，潺潺，洌洌

很早以前，有个古印度的小国王，住在沙漠深处的宫殿里。因为正处在金银宝石成河的古代丝绸之路上，所以他的宫殿里已应有尽有了。他那富丽堂皇的宫殿，随着在骆驼上弹琴唱歌的诗人流传到沙漠另一边的阿拉伯大地，一直流传到阿拉伯的深宫中，夜晚讲了一千零一夜个故事的聪明公主，都用他的故事开头：“传说里，那个富有的印度王子。”

传说中，他的宫殿里有最美丽的皇后，连莫卧儿皇帝在宫中的水池倒影里看到她一眼，都无法忘怀。

传说中他的宫殿墙上装饰着无数的细密画，用藏红花汁画成的花朵永不褪色，那些细密画之间镶嵌着无数彩色宝石，还有无数水银碎片。当夜晚到来，只要点起一根蜡烛，整个宫殿就会如最晴朗的夜空那样，闪烁出无数细小明亮的光芒。

传说他宫殿的天花板是用无数金片镶嵌而成的云朵，用了八十公斤的金子才完成。

有一天，我在土路上跋涉，经过了渥热的戈壁，经过了尘土飞扬的山丘，终于到达他的要塞。我穿过红砂石的要塞，经过已经磨得照得见影子的石子路，经过已经干涸了的水池和已经变黑

了的凉亭来到后宫。

我看见，猛烈的阳光里有一扇蓝色的小木门，里面是一间幽暗的小房间，墙上画着红蓝相间的波纹。墙上有一个凹处，墙下有条用金条包着的细缝，旁边还有一个金子做的旋钮——国王的听雨室。

当他想念水滴的声音，宫中四处的喷泉也不能满足他时，他就到这间小室里坐下，一个仆人将银罐里的清水倒入墙壁上凹处里的水缸中，另一个仆人旋动旋钮，按照他的喜好调整落水的声音，有时他想听急流的声音，那便是淙淙。有时他喜欢细流的声音，那便是潺潺。

原来对他来说，世上最美妙的声音，就是流水的声音。

这是印度大沙漠深处，从前的沙漠之舟，如今的拉贾斯坦邦，那里是渥热干燥的大地，终年少雨。传说中，要是那里下雨了，人们不是急着往家跑，而是急着往外跑，他们欢喜的眼泪和着天落水，在黝黑的脸上身上尽情流淌。

澳大利亚墨尔本

——一片山坡：听鸟儿唱歌，像DBL做过的那样

大洋洲的山水还保留着地球年轻时代的秀气和温柔，它的草坡和水，树和天空，都有一种安慰人心的新鲜和纯真。我想，这就是那里的人喜欢在户外的原因，他们躺在草上读书，倚在树下眺望，坐在湖畔，慢慢吃完一只红绿相间的苹果。

那一日，我也找了处绿莹莹的草坡，那里背靠几棵漂亮的大橡树，面对起伏草坡后面清澈的小湖，独自喘口气。身心委实都累了。

阳光温暖地照耀着，一直暖到了骨头里。山雀在树间发出清亮的叫声，好像一把银色的小锤子在敲。绿色的湖水慢慢划过一个漪涟。上一个旅行，在地球最北端的冰雪世界就浮上心头来了。我在那里曾看到了北极光，看到了一年一次阳光回到极地时短促而灿烂的日出，看到蓝色小鱼在冰凉的海水中绝尘而去的背影。在那里我有生以来，第一次真正碰触到自然。

山雀的叫声衬托着草坡的安静，就像那一圈漪涟衬托着湖面的安静一样。我听见自己的呼吸声，对面的大橡树的树荫里，一个人低着头，我想他也在听自己的呼吸声。听着这呼吸声，能感受到自己的心一点点地静了下来，呼吸渐渐深长了。

这时，我看到自己坐的椅背上，有块金属的小牌子在上午的阳光下闪烁。上面刻着一行字：

Sit here and enjoy the peace as he did

In memory of David Bruce Lawton

12,7,1970-29,11,1999

再靠回椅背去，好像正和他坐在一处。好像飞行一万公里，就是为这一刻，为领受这个遗赠。二十九岁的男人享受过的平静，至今仍旧天长日久地活在草坡上。因此而想到，人的生命很容易消逝，但自然的给予仍在原处。为纪念消失的生命，将后来的人安顿在可以接着享受自然的草坡上。这样的赠与，应该就是人心得以安抚而平静的原因。

德国柏林——一个亚麻色头发的女子：偶尔留下的照片 ☼

这是一张旧照片，十年前在柏林街上拍的。在旅行中，常常会突然拿起照相机来拍照，好像没什么目的。十年前我还在用胶片，用胶片的人大多本能地节省，每按动一次快门，都在心里知道意义何在。而我，有时只是莫名的冲动，只想留下些什么。大约，这张照片是为了下午的阳光太好吧，那堆从咖啡馆内移出来晒太阳的大学生们，就是阳光好的证明。

多年旅行，留下无数这样的照片，积了满满一樟木箱。它们大部分没整理过，就留在冲晒店的纸口袋里。底片都套在透明底片袋里，散发胶片微酸的气味，让我想起中学时代的化学课。

想等以后老了，走不动路了，再慢慢整理成册。这也是回忆一生的方式。按照年份，每年一本，能放满整整一只书架。我朋友家的地下室里，专门造了一间小房间，放他们夫妇多年旅行的册子，满满一房间。抽湿机日夜不停地嗡嗡作响，好像多年来时钟的滴答声压缩成的。和平而富足的年代，平凡而宁静的人生，生命的流逝，就在这些照片组成的河道里。

这张照片里的大学生们，现在早已毕业了吧。他们不再能这么自由自在地晒一下午太阳了。那个亚麻色头发的女子，也应该成家立业了吧，不得不有时穿得整整齐齐的，坐在办公室里当社会栋梁。这些偶尔留在我照片里的人，让我强烈地感受着岁月如水般的流逝。

对我来说，他们也像时间般，不知流去了哪里。如今我再去柏林老城，再也找不到他们。

那些年轻轻松的身体，驻留在照片上，却象征着消失。

我猜想以后老了，等我收拾照片的时候，会有怎样的心情。

当年偶尔拍的照片，原来意义在这里。它就像水下的石头，要等到河流干涸了，才能看到。

美国缅因——一个牲口棚：恋恋不舍的E·B·WHITE

我这么喜欢去美国的牲口棚，是因为二十几岁的时候读到了怀特的儿童小说《夏洛的网》。后来，从我小城的家只要出去二十分钟，就到了玉米田里。再往芝加哥的方向开十分钟，在起伏的草坡上，就能看到田野里棕红色的木头牲口棚了。中部大平原的景色有时让我想起安德鲁·怀斯的油画，但看到强烈阳光下的牲口棚，安德鲁·怀斯从美国大地上提炼出来的孤独和神秘就变淡了，一种温暖的感觉从心里涌上来，那是怀特的温暖，它如圣诞树顶上那颗最大的星星一样，在宽木条的牲口棚的门顶上闪烁着。自从我读过了《夏洛的网》，和《小老鼠斯图亚特》，它们就一直在我心中，不曾离开。如同圣诞树上端永远有一颗星星那样。

在牲口棚里，一路从黑脖子的鸭子，淡黄色的大公鸡，大白鹅和长着粉红色嘴唇的绵羊跟前跌跌撞撞地走过。我怕这些动物，听人说美国的鸡力大如牛，杀鸡的时候，一般的剪刀连鸡皮都剪不破。不过，我能勉强装出不怕的样子，不让那些牲口看出来，好欺负我。我忍不住要去找角落里的蜘蛛网。一只蜘蛛和一头小猪的友谊，是我从二十岁就开始向往的。在牲口棚里，我总觉得自己就像是韦伯，渴望看见蜘蛛网上写着“陈丹燕是个好作家”。有时我在那里躺在干草上的猪，我对它的感觉并不好，我想是有些嫉妒。但看到蜘蛛网和蜘蛛，总是高兴，即使在干草堆的暗处闪闪发光的蜘蛛网上什么字都没有织，横看竖看，也好像

能看到某种承诺。

从中部到东部，直到最北面的缅因州，怀特的老家，各家农场的牲口棚里一律有种混合了饲料，干草和动物粪便暖融融的酸涩气味。它热闹，简单而又安谧的气氛总让我想象怀特独自待在这里的心情，他如何在一张蜘蛛网上发现了人生的动人和脆弱，如夏洛特这样的一往无前，如韦伯这样的受之所巨，无以回报，如生命这样的短暂，如小镇社会这样的简单和不能理喻，如这个故事里的顺从和哀伤。在美国各地的牲口棚里，我总是庆幸自己在二十多岁，没有信仰也没有阅历的时候，在杂志社做实习生的那一年，就读到过《夏洛的网》了。这酸涩的谷仓气味，在我心里，如同教堂里蜡烛燃烧时散发出来的气味，有同样的宗教的神圣。我知道，就是因为这个原因，有时我会一遍遍将《夏洛的网》里的某些段落翻译成中文，像中世纪的爱尔兰僧侣那样手工制作，然后藏在大盒子里。这本书是我的《凯尔经》，我家放大盒子的储藏室就是我的三一学院。

但愿我这种心情，不至于吓住了怀特。

中国浙江——一碗蒸豆腐：父亲留下的口味

春天油菜花开的时候，江南大地黄灿灿的。我陪我的丈夫去探访他父亲当年读中学的江南小城。那个春天，他父亲已经去世十多年了。他却突然梦到了父亲。父亲在梦里非常年轻，几乎像直接从他的学生证上走下来的那样。也许是因为这个梦，我们决定去他父亲上中学的小城看看。

他父亲活着的时候，因为家里的地主身份，从未带自己的孩子们回过家乡，也很少说起家乡的事。倒是写过短短的回忆录，怀念他的中学时代，他笔下的江南小城很秀丽，他在那里接受了进步思想。他的短文发表在旅游杂志上。我丈夫读到杂志，才知道在杭州和富春江之间，有这样一个对父亲意义重大的小城。将近退休时，他开始提起自己的家乡了。但退休不久，他就去世了。

早晨我们进了那个小城，直接就去那间小庙旁边的中学。中学仍旧是这一带最有名的好学校，只是建筑是水泥的，操场是新造的，连操场四周的树都是新的。怎么也不能与半个多世纪前的学校联系在一起。

慢慢往回走，含着微微的失望。主街的青石板地上湿漉漉的，人们习惯将水泼在街上。早市上卖的都是江南的食物，青菜，鸡毛菜，番茄，米苋，竹笋，菱角，活虾，田鸡，活鱼，草鸡，家制的老豆腐和臭豆腐，以及晒干的米粉和豆腐衣。我看到了大块连皮的南风肉，点给我丈夫看，那是他父亲最喜欢吃的食物之一。肉蒸熟以后，满家奇异的臭香。他得了结肠癌，全家都归罪于南风肉的不健康。他去世后，我们再也没吃过南风肉。这时，我们才知道，原来他在这么年轻的时候，就吃南风肉了。

农民的篮子和扁担后面，是放下门板的点心铺和茶馆。高大的木屋里，平整过的泥地上，方桌与条凳围着热烘烘的灶台。灶台上放着一溜蓝边大碗，里面已经盛好了阳春面的清汤，葱花，蛋丝，还有一大朵溶化的猪油，猪油的边缘闪烁着光芒。

我们选了一家最老的点心铺子停下来，期望多年前的那个寄宿中学生也来过这里。丈夫的父亲是个喜欢食物的人，他有空就为全家人下厨，做传统家乡菜。我们的胃此刻开始想起他了。点心铺子里弥漫着一股新鲜猪肉散发出来的肉香。肉里一定放了很多生姜和黄酒。“我家厨房的味道。”我丈夫突然吸着鼻子，心满意足地笑了。

夫妻之间，说到“我家”，而不是“我们家”，一定是指结婚前的家。

老板娘是个眉清目秀的中年妇女，穿着一件洗得发白的蓝布围裙。她过来问我们想吃什么。丈夫一一点了阳春面和干菜饼子，边想边说，下巴往里缩着，好像要打嗝。最后，他终于说：

"要是有饼子的话，我们也要。"他抬起头来，似笑非笑地看着老板娘，好像做梦一样的将信将疑。

老板娘点了点头，领着他去灶台。她掀开蒸笼：白汽散去后，里面团团坐在纱布上的，正是他父亲从前下厨做的饼子：把嫩豆腐和肉酱用山芋淀粉调在一起，撒上葱花，蒸熟。老板娘取了热腾腾的饼子，在上面撒了层胡椒粉，递给我的丈夫。

此刻，我们恍然大悟，原来店堂里的那股肉香，就是蒸饼子的香气。这里一定就是他来吃饼子的地方，连撒胡椒都是他从这铺子里学到的口味。

"会不会从前我爸爸，就坐在这里。"我丈夫突然指了指自己坐着的条凳，"学校的伙食不够好，他就出来吃一碗蒸饼子。"

我们坐在无所依傍的条凳上，如一条木船在汪洋中。

我们想象着那个求学的少年，这时，他俨然生机勃勃地活在这座小城里。

美国爱荷华——一只110伏的新电饭煲：米香 ☼

那是个清爽的小公寓，我们在小城的家。门口有两棵高大的海棠树，夏末时满树青青的小果子。推开楼道门，第一眼看到我在上海租好的六号公寓褐色的木门。第二眼，就看到我家门口的地上，放着一个邮政局的小纸箱，它正等着我。上面有纽约的朋友的笔迹，他许诺要寄一个中国人用的饭锅来，这样，到达的当天晚上就可以做新鲜热米饭。在海外生活了二十年，他知道什么让异乡人最安心：对日本人来说是酱汤，对朝鲜人来说是泡菜，对德国人来说是黑面包，对瑞士人来说是起司，对中国人来说，是一只好用的，干净的饭锅。他写了电邮：不要担心，一定会有一只 110 伏电压的饭锅迎接你。

我有十三年，陆续在美洲，亚洲和欧洲做长途旅行，想来早已不怕做异乡人。从葡萄牙回德国的旅行中，我有半个月都是吃冷肉和面包，也过得好好的，想来吃什么都不怕了。但这次却是不同，我的孩子将我从千山万水独行的背包客，变成了千里万里陪孩子读书的母亲。

走下一个长坡，去FAREWAY买肉骨头，黄瓜，番茄，油盐，洗发液，咖啡，牛奶，果汁，还有一小包身份可疑的米。比起亚洲的米来，它长得太细长了。我犹豫了一下，第一次在德国买菜，我想买一只蹄髈烧汤，但却买回来一只与中国猪脚大小相仿的火鸡腿，煮出来的肉好像木头。我想起那只十二年前的火鸡腿，对手中的米很不放心。

回到家里，桑妮已经将箱子都打开，将里面的东西重新归了类，自己的东西都放进小房间去。我们还没有买卧室的家具，所以她将榻榻米垫子一字铺好，蜷缩在上面睡着了。她睡在一堆打开的行李旁边，靠着她带来的唯一一件玩具，那是个爱知世博会的吉祥物。她像纽约街头的无家可归者。海棠树的影子在她身上活泼地舞动,但是她还是像一个无家可归者。

我想自己会永远记得这个下午，这是第一次，我在陌生的家里感到无家可归的害怕。

我去厨房，洗锅，洗米，加水，做一小锅米饭。然后就守在沉默的小锅旁，望着金黄色的黄昏天光。平原上的夏日黄昏这么漫长这么好，但也这么孤独。难怪爱德华·霍珀会画那样的画。此时，一股温暖的气味渐渐升起，柔和，清香，安分，在陌生的

厨房里荡漾开来，我吃惊地想，这竟然就是米饭的味道，它像个小钩子一样，准准地钩住了浮动的心思，它们像风筝伏倒在地上一样，伏在我心里，稳住了。米在被煮熟的过程中，原来有这样安定人心的气味，这是我第一次理解到。中国人种稻米，已有六千年。这气味不知安慰了多少人。

不知为什么，是在陪伴着我的孩子时，我才第一次意识到自己对米香的依恋这么深。

客厅里只有一套朋友送来的旧桌椅。我找出从家里餐桌上拉下来就直接带来美国的绣花桌布，桌布的一端有几点淡黄色的痕迹，是从前吃咖喱的时候我丈夫不小心溅上的，那时我和桑妮坐在他的两边。我将桌布在那陌生的长桌上铺平，它立刻变得熟悉了。再找出从前从法国带回来的大蜡烛，放在桌子中间，点上蜡，烛光摇曳，像我们从前常做的。米饭的暖香团团地飘出来，爱德华·霍珀式的巨大陌生与紧张，竟就这样悄悄地退却了。

英国北爱尔兰——欧罗巴酒店的一间大堂：激荡

凌晨四点，我赶早班飞机，在大堂里等待出租车。这家欧罗巴旅店坐落在贝尔法斯特老城主街上，它有名，因为它是北爱尔兰被炸最多的酒店。英国和北爱共和军冲突的几十年里，它平均每年都被炸。可是，每次被炸以后，它都在原地重建，从未有过歇业的念头。2005年，我在底楼的餐厅里学会了用橘子酱涂在烤香的培根上吃，那种特殊的口味，我至今都喜欢。宁静的餐厅里充满爱尔兰酸面包结实的麦香，令人想到炸弹。

空荡荡的酒店大堂，外面灰暗的空荡荡的街道，对面一团漆

黑的老酒馆，昨夜那里曾响彻爱尔兰民谣。这条老街上，时时能看到新老建筑不协调地混合在一起。这情形让我想起一首描写贝尔法斯特老城的诗，从那里我知道这些不协调的街景，是因为共和军多年来的爆炸。旧建筑炸塌了，就平地起一座新建筑。动荡的气氛就是这样留下来了，如今成为诗歌里的故事。我在香港读到这首诗，也听到诗人自己的朗诵。她是个黑发的年轻女子，声音柔和地读着欧罗巴旅店爆炸的诗句，脸上灵光闪烁。

侍应生正在分发送往客房的早报，一份份报纸跌落在地，沉闷的声音有些不祥。我眼前浮现出和平线灰色的高墙，还有两边的墙画，就像我童年时代满街的革命漫画。

比起爱尔兰来，我在贝尔法斯特更有归宿感。这是种奇怪的感觉，在都柏林公爵街上的旧咖啡馆里坐下，守着一杯黑啤酒，读《尤利西斯》里对这家馆子的描写，即使是这样，还是贝尔法斯特更吸引我。它暴力的过往吸引我，它动荡的遗迹也吸引我，它让我想起童年时上海火光熊熊的街道，淮海路上游行队伍路过的高音喇叭声，锣鼓声，口号声，想起自杀者伏身夏日草丛的景象，对一个孩子终身的震撼。想起那些恐惧，惊吓，那些人性的挣扎和溃败，想起那些激荡的岁月里，充满感情的重重悲剧。它让我失去在欧洲旅行的甜蜜感，心中震荡不已。我知道自己被一个城市吸引时的感受：我的心会像一尾鱼那样，活泼地在感情中游来游去，并有点缺氧。

在贝尔法斯特，我了解到，自己心中深埋着对暴力时代千钧一发的感应，当它被唤醒，一种可以称为浪漫的阴郁感受依然还会汹涌而出，危机四伏的恐惧卷土重来。酒店的边门被乒的一声推开，一个粗汉走进来，裹挟着清晨的寒气。他来报告什么坏消息？昨夜去爱尔兰酒馆听民谣，不像神殿酒吧里，德国人，英国人，西班牙人以及爱尔兰人，众人把酒齐唱《my dirty old town》，那爱尔兰酒馆紧锁着大门，只听到激越的音乐墙后的闷响。大力拍门，门上开了一扇巴掌大的小窗，看清来客，才开门让进去。大汉走到我跟前，说：“是去机场的吗？小姐。”

德国波兹坦——一间书店：旧气

坐在满室旧书中，即使是屋外阳光灿烂，鸟语花香，室内也照样很幽静清凉，空气里充满旧书旧画册以及旧雕像散发出来的沉沉暮气，需要点灯。即使是屋外风雨大作，室内的变化，不过是灯光显得更加镇定干燥，1950年的旧圆头图钉钉着的1910年英国制世界版图，不过更皱一点，因为空气有些潮湿。1910年的世界，非洲，亚洲和美洲以及大洋洲，各处都有涂成粉红色的国土，那是英殖民地遍布的旧世界。

这样的旧书店，大多散布在欧洲和美国各地靠近大学的街区里，大多在旧建筑物的底楼，大多带着一股子文雅松弛的旧气。

空气里有旧纸张不同于新纸张的醇和气味。

书架上塞满了电视时代之前，敬惜字纸时代那些洁身自好的书，老木头做的书架，高高地通向遗留着20世纪高大天花板上泛黄的浮雕藻井，有象牙塔的骄傲。

靠在书架上，翻看几十年前的出版物，那些显得老旧精致的字体，发黄的新闻纸边缘，郑重其事的手工印刷，整个身体里的血液都流得慢了。感官的通道也一一关闭，只留下对文字的内心感应，最狭窄和抽象的一条。这儿，那儿，在书脊上发现多年前奉为神明的名字。那些是初版书，永远带着初版书初恋般难以磨灭的新鲜感，翻开，魂归故里般摸索着找到难以忘怀的那些段落，姓名，对话，和警句，纯粹阅读和想象的乐

趣寂静地占据整个心灵。这种读书人的旧乐趣！

旧书店里的乐趣是落进旧日的气息中。像夏天在盛开的夹竹桃树下坐久了会头晕恍惚一样，在旧书店里泡久了，就忍不住要买下舍不得放手的旧版书。在都柏林买叶芝诗集，在芝加哥买怀特童话，在纽约买佛罗斯特诗集，只是不舍得将它们插回到旧书架上去。但是，它们一离开旧书店，原来那不可抵挡的魅力便也消失了，变身为再普通不过的旧书。

中国浙江——一条古道：最静

浙西有绿山，山中纵横着元代古道，下山七公里。参天古树与古竹林的深处隐约见到亭子，七里亭，五里亭，三里亭。山中雨水充沛，涧水声响亮，有时听到深山里有一只啄木鸟在树上的声响，笃笃，笃笃。让人想起那些湮没在明末，清末与民国以及共和国时代的临济宗禅寺，许多的晨钟暮鼓。

没料想江南绿山这样静。

山里的银杏树已长了一万两千年。在崖上坐下，望向山谷，除了树还是树，大树似动非动，只有树叶闪烁，然后就听到了风。微风一路穿过夏末山谷里无数的树叶升上来，索索响着去到天上。夏天多雨，漫山遍野的树叶全都湿润肥嫩，风声因此清润。山谷里上来的风很短，空中的索索声也是短的。最后嗞的一声——千千万万片树叶子又各自张开在枝丫上——风停了。躺在古树下听风，心也是慢慢沉下去的，好像一条在深涧中慢慢睡着的红鱼，飘飘摇摇，沉到又深又清凉的水底。

但是山中的竹林遮天蔽日。这是江南最好的竹，幼嫩的做了山里人的菜，拿笋炖鸡鸭。浓黑夜里，人们守着一方木桌子，桌子中央的大砂锅里炖了一大锅老母鸡火腿，或者老鸭咸肉，或者整个猪蹄膀加咸猪肘，放下幼笋或者扁尖，这些淡黄色的细竹实实在在地收了油腻去，沁入竹笋的清爽。大砂锅上方，因此浮起一团清秀斯文的禽肉香，摈除饕餮。而大多数竹子就在春天兀自迅猛地长大，它们日夜拔节，不断发出微轻的碎裂声，到初夏就已经铺得满山满谷，绿色的圆柱高高拔起，好像一句句高亢的问句直指天庭。年复一年它们就长成了浩瀚竹海，天长日久就养成满山的清气。所以，临济宗的禅师们选择这里筑庙修行，中兴临济宗，在遥远的唐代。

还是在宋朝的明月下，在这山里修行的僧人找到铜钱大小直径，又长得俊秀挺拔的竹子，砍下，取最直的一段，一尺八寸，钻上几个洞，竖吹，就是尺八。此处禅寺里的僧人悟道与他处不同，曾经爱吹尺八。古老的禅寺在大山深处，尺八声虚无清高，就像禅寺里努力安静身心，以求超凡脱俗的人。后来这里经历兵乱，又经历太平天国血洗，再经历日本飞机轰炸，禅寺不再，连尺八也终于失传，只留下一杆，供在老殿遗址灰蒙蒙的玻璃柜子里，长长久久，悄无声息。

如今沿着古道穿过无数竹林，三里亭，五里亭，倒挂莲花，死关山谷，墓塔，书院，林子里越是悄无声息，越是听得到各种气息吹拂竹身的声音，那是禅与尺八的遗韵。

其实这里寂静古老的山林，处处都有遗韵。山中崖下一眼古泉，曾经是昭明太子断《金刚经》句的洗目明心之泉。从老殿到死关石室的古道边，竹林中有一汪静水，曾经是江南古佛高峰和尚的洗钵之泉。古树对面有三座长满绿苔的石头墓塔，是禅寺高祖的和尚墓，墓前累累大石下面，遍布比丘清众的骨灰。他们的骨殖撒在泥土里，以求永远与高僧陪伴守护。老殿梅树后，是断崖和尚倒伏了的墓塔。在往山下走，便是中峰和尚只留下塔基的墓塔。古老的树木在密林中高高耸立，它们都是元代的护林僧保护下来的古树了。

大石垒起来的古道遍布大山深处，穿过深谷，蜿蜒在危崖边缘，到达各个禅寺和墓塔，以及古老的小村子遗址，到达比丘们的化身塔时已是断头路，后面便是深深的竹林。如今许多元代时垒起来的古道已被植物重重覆盖，拨开腐树与败竹，遍地都是游动的青蛇，蚂蟥与毒虫。循着那样的古道，能找到一些坍塌已久，墓志铭也已模糊不清的了高僧墓塔，和寺院遗迹，还有一处废弃已久的宋代黑瓷茶盏窑。宋代喝茶，讲究将茶碾成细末，沸水冲泡后，在茶盏里打出茶沫来，这样的茶，新绿丰厚，配上黑色茶盏，十分精美。南宋时的禅寺里人们都这样喝茶。如今人们喝带有整片茶叶的绿茶，放在白色瓷杯里。山中时光流逝，习惯已变得顺从而简单，这古色古香的大山里，做黑瓷茶盏的手艺也已断绝。

一切都静默下来。元代的毁了宋代的，清代的毁了明代的，民国的毁了清代的，“文革”又毁了民国的。当一切终于成为遗迹，而寂静。日本信众带着茶盏和尺八回来认祖庭，这里曾是三百多个日本禅师前往修行得道之山，他们看到被日军轰炸机炸毁了的最后八个古禅寺。韩国信众在古道旁造了一个凉亭，纪念当年在此修行得道的皇太子，他们看到漫山遍野的竹子深处，长满青苔的墓塔基座，没人知道那是谁的了。

一切沉入寂静。

山中之夜浓黑。团团围坐在方桌边，吃一大砂锅竹笋炖老母鸡。桌上当地人用当地方言，朗诵了一首元代寺庙里流传出来的一首悟道偈子。人们早已不知道作者的姓名，只称她作梅花尼。朗读者是当地的一个小学老师，爷爷幼年来到这里，慢慢繁衍出一个家族。请他来朗读，是想多少打捞到一点点往昔。他的发音中带有依稀的江南古音，宽大的江南国字脸上洋溢着红红的笑颜，从日本带回来的高峰和尚与中峰和尚的画像里，也看到过这样的国字脸。

他们也都是江南人。

“终日寻春不见春，芒鞋踏遍岭头云。归来笑捻梅花嗅，春在枝头已十分。”

仿佛安慰。

第四章

追随你手心里的
生命纹去旅行，
找齐细纹之间的联系，
便是找到自己

旅行中会对自我有深刻的发现，这已是大多数旅行者的共识。对自我的领悟，令旅行中的那些瞬间成为记忆中最重要的部分。因为，那时心灵与外界交融，风景呈现出诗意，充满动人的难忘。

每个人都随身携带着一张生命地图，那是手心里的那条生命纹，只有会看手相的人能在那些细碎的纹路里找到你生命中的过去，现在与将来。看手相的人相信，一个人生命的过程，就埋藏在那些细碎的皱褶走向中。好像一张地图，指引一个生命走向自己的命运。

对于在手心纹路里找不到自己的那些人，握着你的手去旅行，也能在那陌生之地发现自己。在那里偶尔有什么突然点醒了你。你突然看到已经埋入家族历史，或者自己回忆中的那些属于私人的秘密，千里万里之外，你就这样遇到了自己——熟稔而陌生，如哲学那样抽象，却又贴切地解释着生活。那些都曾是经历镌刻在手掌里的密码，现在找到了解释密码的手册。

那是一小段，一小段地再次揭露出了你的过去，印证着你的现在，预示着你的未来的陌生世界，令你领悟到，自己，原来是这样一个自己。

陌生街道，咖喱热乎乎的气味，还有印度檀香燃烧时散发出来的浓烈香气。黄昏时分，空中荡漾着古老清真寺呼礼台上悠长的呼礼声，晚祈祷就要开始。只过了一会儿，印度寺庙的吟诵声也开始了，欢快的歌声，听不懂，总以为那是一支爱情歌曲。旧码头边上，白色耆那寺庙的台阶上坐着一些穿红色纱丽的女人，手中拿着穿成一长串的鲜花，据说是为新近逝去的亲人祈祷的。

只觉得此地有种异样的熟悉，一种甜蜜的哀伤渐渐浮上心头，似乎是梦中所见。环顾四周，突然在一幢古旧的哈维利的长窗上，见到有人垂着一团白发的头颅，好像正埋头读经，或者正在冥想，她的样子是那样熟悉。

突然泪下。她可是我的姑妈？一个黄昏时孤独而安然坐着的老太太，她有我姑妈那样松软的肩膀，她有我姑妈那样的衰老和白发。辞世三年的姑妈，在上海变成了一座小小坟墓，可转来生活在这佛陀的故国？

我终于来得及对她吩咐：“阿玉，你这次一定要投生到一份好人家呀，不要再像上一世那么辛苦，那么操劳。阿玉，你这次一定要享受幸福，要拥有一个幸福的家庭，要有爱护你的男人，依恋你的亲生孩子，不要再像上一世那么孤单恓惶。阿玉，祝愿你如今能好好保护你的双手，让它们十指纤纤，不在冰凉的河水里洗涤，而是抚摸书籍，翻阅诗歌，那是你一直都向往的。”

我终于来得及许愿：“如果我能再与你相逢，我愿意做你的母亲，照顾爱护你，如这一世你对我做的那样。愿我的爱也能成为护卫你幸福的盔甲，让你知道爱是原谅与付出。如你这一世给予我的这样。”

吉隆坡的四月已经很热，就是传说中那种南洋令人懒洋洋的渥热。也许正是因为这样，室内就充满了传说中那种南洋式的阴凉和幽暗。我父母在南洋生活过几年，这种渥热中室内的阴凉一定给过他们深深的舒适。所以，我是在夏天日夜垂着纱帘，或者放下百叶窗的家里成长起来的。夏天如果撩起帘子，漏进了阳光，母亲马上就会制止。

在吉隆坡茨场街的咖啡馆里吃早午饭，我在满室的幽暗里，心中安顿。南洋的咖啡气味中有种与欧洲咖啡不同的实在，使人想象到阳光灼热的大地和茁壮的植物。一天中第一口热咖啡给头脑带来的轻微晕眩，则与室外白亮的阳光和稠重的空气混为一体。我闻到了热腾腾的椰子汁气味，有一种当地的米饭，用椰子汁拌。我想起我母亲说，她最怕闻到这种气味。但我父亲却非常喜欢椰子汁的气味。作为他们的孩子，我想自己继承了他们俩对南洋好的印象，那是对幽暗的安心，和对椰子汁的喜欢。那时，世界上还远远没有我，伊斯兰人呼礼的吟哦声越过高大的椰子树，传进父母亲的窗内。等我看到这里的椰子树，才发现它们比我想象中的更苗条和哀伤。它们在海岸上随风摇曳，好像随时都会折断。洒满热带阳光的街道上，有穿黑色香云纱的男人和女人匆匆走过，微笑的嘴角里露出镶金牙齿的闪光。女孩子长着杏核那样的眼睛，她们很早就恋爱了，而且总是上演悲剧。

我对南洋自幼就有许多想象，也许是因为觉得父母不够属于我，所以对我无法分享的家庭历史始终怀着哀伤的温情。

美国纽约——一个月台：在纽约中央火车站8号月台 

2005年，太阳十八岁，准备上大学了。所以我们用她的春假，去美国东部做高中生的大学访问。从波士顿，到缅因州，到罗德岛，我们一一去看了她想要申请的大学，一一与招生处的老师谈了，她将自己准备好的作品集给老师看，听取他们的建议。那时，我坐在一边，看她与老师谈论她的将来，她对艺术的理想，总是想起她六岁时，我送她去考音乐小学。在考场门口，将她交到教导主任手里，她这样一个小人，拖着琴谱袋袋，沿着长

走廊，走远了。那时她考完，还要回来拉我的手回家。但现在，她就要离开家了，她已完全长大，要去追逐自己的理想。

纽约是大学访问的最后一站，太阳要去比较一下布鲁克林的普莱缇设计学院是否能超过她的最爱——罗德岛设计学院。

来火车站接我们的，是刚刚联系上的我的朋友。我们在十九年前认识，是大学校友。那时他是产科医院的研究人员，太阳就在那间医院出生。他是为太阳拍第一张照片的人，那时太阳还没睁开眼睛，在照片上犹如一只小兽。后来，他到芝加哥大学深造，我们就失去联系了。待再联系上，正是我们将要到纽约的时候。算起来，我们已经有十八年未见面了。于是，他说一定要来火车站接太阳，就像他曾是我朋友中第一个见到太阳的人。

从罗德岛开往纽约的火车到了站，月台上几乎没有人。楼梯那儿亮着盏灯，照亮长而老旧的甬道。

然后，听到一串响亮的脚步声从里面传来，非常急促。

然后，看到米色的长风衣长摆拂动，还有咖啡色的格子围巾。

一个中年人从甬道里冲出来，然后站住了，望着我们。

“你是太阳。”他对太阳说。看得目不转睛。然后他对我比画了一下，他比画的样子就是十八年前他去婴儿室看了太阳后，回到我床边报告的那个姿势，四十七厘米长，满分婴儿。

然后，他大笑起来，指着太阳说：“你就是这十八年时间的具象化。”他将太阳拉到身边，比画了一下她的身高，太阳现在已经长到他脖子那儿了，好像流逝时间的洪流就要将他淹没。

他拿出一个小巧的照相机，对太阳说，“我得马上再给你照张相。要不然真不敢相信。”

然后，他将照相机递给我看：“她笑得这么好，一定仍是个满分的孩子。”

离开月台，傍晚的街灯下，他漂亮活泼的太太，他高大的双胞胎儿子，都满面笑容地向我们招手：“太阳！太阳！”他们在车流的声音里招呼她，好像招呼一个老朋友。我和他，看着太阳向他们跑去，他们的笑容和声音在纽约的薄暮中非常美好，他们就是我们这十八年岁月的具象化。因为他们，我们都平安度过了自己的岁月，并尽量让孩子们幸福地长大了。

“你过得好。”我对他说。

“你也是。”他说。

这曾经是年轻时代朋友之间的祝词，现在，我们亲眼看到它成为现实。

泰国曼谷——一片金箔：佛像 ☼

在上海刚开始出现民间古董市场的九十年代，我和丈夫常去那些旧货小铺闲逛。有一日，在一家小铺的泥地上，见到了一尊佛像。它不起眼，满是泥浆，一看就知道是那种造假的佛像，做好了，放在泥地里埋了埋，假冒出土的。小铺子的主人有张造假者雄辩滔滔的脸，小铺子弥漫着谎言的气息，伺机而为，如卑微的小兽。

但是，泥地上的佛像还是吸引了我们。它有一种灵秀剔透，绝顶聪明的神情，即使是赝品，都没能磨灭这令人愉快的神情。它像一朵淤泥中白色的莲花。

我们喜爱它，却从未在中国的庙宇里见到过这张脸。

我们买下它来，一路上轮流抱着它回家，好重。我们都喜欢它，遇到什么事，喜欢在它面前燃一炷香，与它相对而坐。它脸上的聪明，如剪刀一样将我们心中的非分之想轻轻剔去，留下淡淡的欢喜。我的孩子有时将自己心里想的说出了声，她唱歌一样说——菩萨呀菩萨，我多想这次考得好点呀，我物理老师对我太好了，我不想让她难过。在它面前，我们都是懂道理的人。

它陪我们全家十年，它知道十年中我们每个人的喜怒哀乐。有时我用清水洗它，水流之下，它的脸突然出现极为欢喜的神情，好像要抬起眼帘来看我一下。那神态真是可爱煞。

十年后，我去了曼谷的大皇宫。随着人流，我来到一尊金佛面前。人们排着队，用一片小小的金箔给金佛贴金，以示爱意。我手中也有一块小小的金箔，当我来到佛像面前，才发现，这张脸，就是我家佛像的脸——原来它是从泰国来的啊，它原来在热带如此受人爱戴。

我将自己的金箔贴在那长长的眼帘下，那是我最爱的地方，它眼光驻留之处。

想起当年在小铺子里，打电话给我的青铜器专家朋友，咨询这佛像的来历。他当时也不知道它的来历，但他说，你要是心中喜欢，就一定不会错。

果然没有错。

但这个朋友，已在不久前去世了。

缘分原来是这样一波三折地连接起来。在金佛身边，围绕着无数当年在我想象中的白莲花，就像十年来，它在香烟缭绕中给我们的排遣。

原来，它是佛祖年轻时代的造像，难怪它的神情有如此令人赞叹的清秀与凛然。

英国伦敦——一个工业革命时代的著名小说人物：虚构之虚构

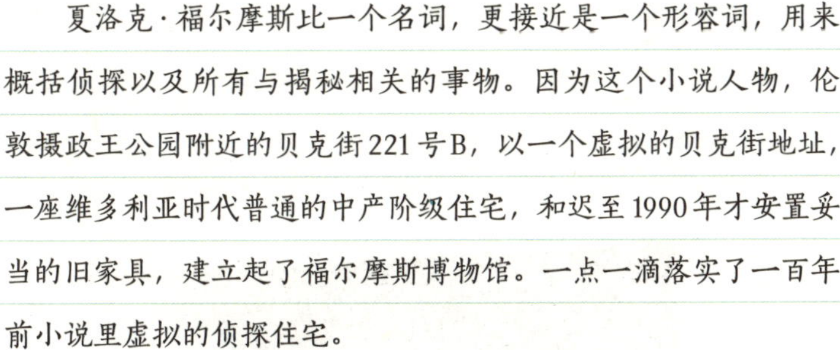

夏洛克·福尔摩斯比一个名词，更接近是一个形容词，用来概括侦探以及所有与揭秘相关的事物。因为这个小说人物，伦敦摄政王公园附近的贝克街221号B，以一个虚拟的贝克街地址，一座维多利亚时代普通的中产阶级住宅，和迟至1990年才安置妥当的旧家具，建立起了福尔摩斯博物馆。一点一滴落实了一百年前小说里虚拟的侦探住宅。

这博物馆的规模和魏玛的歌德故居博物馆，维也纳的莫扎特故居博物馆以及斯特拉福德的莎士比亚故居博物馆相当。但是，它远比那些货真价实的伟人故居亲切。因为在这里，只要你读过福尔摩斯探案集，就能直接在房子里找到小说里的细节：福尔摩斯的小提琴，华生医生的黑色礼帽，哈德森太太准备早餐时用的中国瓷茶杯，福尔摩斯偶尔感到沮丧时躺的红色卧榻，面对贝克街的两扇“能看到街上动静”的长窗。透过长窗，你至今仍能看到在街对面东张西望的男子，如《血字的研究》中提到的退休海军军曹一样，既健壮又自负，脸上有种习惯发号施令的神情。他朝街这边望了望，然后急急忙忙地穿过街来。当然，他不是一百年前的军曹，而是一个中学教师，带领游学伦敦的孩子来参观博物馆。福尔摩斯在小说里烧掉自己随手写的纸片的那个壁炉，即使是六月，也终日燃着熊熊的柴火。

一个德国男孩子看到炉火，惊喜地扬起眉毛，似乎发现了福尔摩斯刚刚离开的证据。那一刻，我正从福尔摩斯的卧室里离开。这栋楼里有福尔摩斯的卧室，华生医生的卧室和房东太太的卧室，如同小说里写到的一样。站在走廊里，我突然起疑，为什么他们俩在这里住了二十三年，两个人都没有成家，卧室里也没有女人的迹象，难不成他们俩是一对爱人？少年时代读福尔摩斯，不懂得这么看。要等到现在，参观了他们的卧室，才惊醒。因为意外发现了福尔摩斯和华生医生性取向的秘密，我也几乎惊叫出来。然后，才觉悟到，也许这里还真没这么多隐私，他们只

是虚构人物，只活在故事里，不会有更多可挖掘的秘密。楼下传来人声，伦敦口音，那不是两个自命不凡的警察局侦探，而是新来的参观者。隔着狭窄的木头楼梯，我看到他们在门口戴着福尔摩斯的格子呢帽，握着他的烟斗留影。我看见他们脸上似笑非笑的神情，贝克街221号B的人，个个脸上都有这样的神情，大家都被这里逼真的虚构弄糊涂了。人人都沉浸在恍惚里。

“我能照相吗？我保证不用闪光灯。”我问在起居室里的老人，他在起居室里照应参观者，就像当初福尔摩斯那起居室当办公室，接待当事人。博物馆都不让用闪光灯，怕强光损坏文物。他神秘地点点头，过去将沙发椅之间的灯拧亮，退到一边。他与福尔摩斯什么关系？或者他姓哈德森？是当时房东的后代？我一边从镜头里搜索着这旧式小市民布置繁复的起居室，一边猜想。当他再次经过我身边，我忍不住问：“你贵姓？”他深深地看我一眼，轻声说：“室内很暗，你可以用闪光灯，如果你想要的话。”这时，我才再次从故居博物馆的错觉里摆脱出来。

我感受到虚构古老而永恒的力量。它能瓦解人们内心的理智，特别是那些少年时代深入人心的小说，人们从心里愿意相信那是真实的，愿意找到那个从前只是在纸上看到的世界，人们为此而害羞，但还是情不自禁。那是作家营造的纸上世界。一百年来，这个世界从纸上，到人心里，再到房子。它甚至为自己赢得了一块伦敦名人故居的天蓝色椭圆形牌子，庄重地挂在砖墙上。甚至瑞士还有一块福尔摩斯的墓地。人们心中怀着孩子气单纯的心愿来到这里，愿少年时代读过的小说以及那时的一切，还在某处完好无缺。甚至，这个“一切”里，包括一个人少年时代对这世界的信念。有谁不曾在年少时在摊开的书本上方深深地埋下头去，沉浸在对将来生活的想象里？小说就这样开启了一个人的眺望。想必建立这个小博物馆的人，对隐藏在人性深处的这一点点浪漫有极精准的认识。

你明知这房子是在虚构的基础上的再次虚构，也知道这个时代的阅读口味已经从小说转向了传记，人们对虚构早已失去兴趣，就像一个人进入暮年的情形一样，但还是被它迷住了。顶楼用蜡像还原了一些福尔摩斯故事里的著名破案片段，蜡像本身散发出的沉沉死气，加上故事里骇人的情节，显得衰落而无聊。福尔摩斯和华生的蜡像就在屋角里站着，活像旧货店橱窗里放着的假人。但转身离开时，脸颊两边的汗毛还是随风而立，好像有什么从身后无声地扑来。你将古老的木头楼梯踩得咚咚直响，掠过哈德森太太散发着老女人乏味气息的卧室门口。直到看见脸上似笑非笑的参观者，才放下心来。

人们为自己在这里的被迷惑而感到惭愧，同时，也受到了感动。

德国柏林——一个街角：一种令人惆怅的阳光

10月19日下午的柏林，这是我十三年中第七次到柏林。这本来是全无干系的城市，现在好像我家的抽屉一样，收藏着我十三年的生命。许多的时间，许多的好奇，许多欢愉或悲伤的感情，都收藏在柏林。一个本来不相干的地方，因此而变得相干。

10月19日下午柏林的阳光如玻璃般透明和锐利，柏林秋雨到来之前的阳光就是这样的，在1992年时的东柏林小街里曾经是这样的，在1997年时的兰德维尔运河咖啡馆窗边也是这样的，在

1999年的圣公会教堂门前的祈祷者铜像上还是这样的。每次，好像都是偶然遇见这样的阳光，但一年年的偶然，就变成了命运。在这样的阳光里，我看见自己的生命如汤汤细流，在柏林打了一个漩，又打了一个漩，才掉头顺流而下。

至今我在柏林，熟悉它的街区，亦有自己钟爱的咖啡馆，但还不能说它的语言。它是熟悉的，也是陌生的，就像一口甘甜的毒药。

10月19日下午，我回到柏林，阳光像洗淋浴一样兜头将我打湿。像它很快就可以晒出皮肤上的雀斑一样，它也很快就将我心中的惆怅显影，嗒然若丧，如一行诗歌般的老旧与充满感情。它与故乡的阳光不一样，一个人在故乡的阳光下终老，一样的岁月流逝，但不会有这样的惆怅——到底这是旅途上的落花与流水。

10月19日下午的柏林，我站在旧邮政大楼前为这阳光留影。放下照相机，我看见本远远地从大街拐角处走来，他的金发与多年前我们初识时相比，已变灰了。

美国爱荷华——一根自卷的纸烟：山坡上的黄昏 ❄

每天合上电脑，到山坡上去散步时，天总是摇摇欲坠地要暗下来了。山坡上有一些橡树，山毛榉，松树，还有银杏。不久前，龙卷风路过爱荷华州，一夜的大风大雨，大多数树上的叶子被一扫而空。没有了叶子遮盖的树，鸟巢便暴露出来了。从下面看，那些鸟巢很不舒服地，很委屈地架在枝丫上。不知道那些鸟是怎样过冬的，会不会冷死。现在它们忙忙地在地上觅食，见人走过去，也不躲，身体圆鼓鼓的。小海棠树上的果子在风吹霜打中熟得通红，鸟最爱吃。我仔细看了看小鸟，他也回看我，接着醉意壮胆，竟不怕我将它捉了去。

本地报纸上曾刊登出漫画，说小鸟吃了太多的熟果子，个个都醉醺醺的，被查酗酒的警察拷进局子里去。画画的人是个学生，对酗酒的问题最敏感和不满。美国孩子不到十六岁根本不能碰酒，商家也不敢卖酒给他们。到了大学，一下子解放了，周末全都冲进酒吧里喝酒。他们的身体对酒精一点抵抗力也没有，一喝就大醉。这里的学生喝酒开车，一直是小城警察的大敌。学生便借小鸟来揶揄警察多管闲事。

山坡下有条大路，名叫摩门的艰苦跋涉。这条路从安曼村的玉米田深处来，向西而去。是当年摩门教徒长途迁徙的时候，向盐湖城时经过的路。遥遥望到的另一个长坡，是他们当年的宿营地。现在是个公园。到那里去找，还可以看到当年他们宿营烧过的火堆和埋葬死者的遗迹。美国的中西部与两岸的大城市不同，这里充满了当年宗教移民万里跋涉，寻找精神自由的家园的痕迹。我们这个只有六万人的小城，到处都是教堂，各种教派的基督堂，各种人种的基督堂。中西部的美国人听到我没有宗教，简直就像中国人看到饥民一样，满脸都是心心相印的无限怜悯。是的，我没有宗教，与牧师们讨论来，讨论去，中国人的查经班，瑞士人的查经班，圣公会的查经班，去了一个又一个，可就是做不了强扭的瓜。最后，牧师都安慰我，说我不能接受宗教，也是上帝的安排。其实我羡慕心里有坚定信仰的人，我站在山坡上，望着暮色茫茫的大路，想象那些摩门教徒推着木轮车，赶着马，在莽莽草原上走过大地，心里有些感慨，那就是理想的力量。

更远的地方，能看到变成了金黄的玉米田，它们都已经死

了，干了，风刮进田里的声音，听上去像是磨刀霍霍，但却没有杀意，而是一派飒爽。那时的玉米田，叶子都能将人刮出血来。我勉强走进去过一次，心里想起的，全是梦想如何伤人的情形。梦想不是个温柔的好东西，追逐梦想的人，没有哪个，不是这样，在梦想死亡的田野里被割开无数个小伤口。玉米田永远都是一个富有象征意义的地方。《梦想之田》没有写到锐是如何度过梦想死亡的时刻的，这就是好莱坞流于浅薄的特征。因为大多数美国观众需要的是，能让他们看后安睡的电影。他们的电影，常常都有个好的开头，然后，越来越蠢。看到结尾的抒情处，简直要恼火得一掌打过去。

初冬的风是冰凉的，小针一样刺着我暴露在外面的脸。但空气极其清冽，让人心里舒服。树林深处，枝丫交会，远远看去，像浅灰色的雾一样。那树林里住着鹿，浣熊和狐狸。有次桑妮放学回家，差点被从树林里突然跳出来的鹿撞倒。山坡上有时能见到树下有洞，那是野兔子的家。到夏天半夜的时候，兔子拖家带口地在草地上吃东西，追逐，团团围着，好像在开会。树枝上有时一动不动地站着猫头鹰，像哲学家一样沉思地看着某处，而天上飞过一排排雁阵，呀呀地叫着，在地上能看到它们腋下浅色的绒毛。罗伯特·佛罗斯特的诗这时会模糊地浮上心头，那些清爽寒冷的句子，简单而硬朗的句子，是从前美国人的诚笃与对自然的温情，那种美国男人的清爽和硬朗让我觉得很干净和可靠。在散步的时候，我常想起他的诗来，想起那个诗中的美国和美国情感，也许只能在这无人的山坡上才能体会到了。美国已经不是我在书里读到的那个美国了。我还模糊地想起了《农家男孩》里的一些章节，那是我1989年左右翻译的一个长篇小说，写的就是中西部农场里的美国男孩的生活，那种规矩诚恳的美国生活偏偏是编辑不喜欢的，没有一家出版社愿意出版这部在美国很有人缘的小说，至今它还放在我家的储藏室里。我猜想，大概那小说里就是写的这里。

我一生中都没有住在农村的经验，没有亲近过真正的野地，美丽的野地。这是第一次，散步回家，翻生物字典认识植物，看地理书了解地理，重温佛罗斯特的诗，体会在这里的自然里像石头一样干净又结实的诗意。

澳大利亚中部——某日的南纬天空：白云 ☼

在大洋洲无尽的蓝天上，白云出没。大洋洲有全世界最洁净的蓝天，它充沛的水分和温和的气候酝酿出全世界最丰富的云朵。走在旷野里，山冈上的石头处能看到点点锈红色，那是古老的冰河纪苔藓，它们仍然活着，而且在春天时布满靠近雨林的山谷。在那样无边无际的旷野里，才看得到蓝天之大，云朵之丰美。也不会因为看了一天又一天的白云而感觉古怪——现在有谁还能这样看天呢？难道它现在不是件不怎么正常的事情吗？

有时它们是长长的一条，在它身边开车，一百二十码，开半个小时，都还没从云这一头走到那一头。细长的白云像20世纪20年代，连接邮轮上的旅客和码头上的送行者的惜别纸带一样，长长的，长长的，忍无可忍时，才断了。将要翻过这座山了，回头一看，它还伏在原先的河谷上方，好像送行者手中还握着那条白色纸带，一直不愿放手。有时它们在长天上飞舞，灿烂时像《阿依达》里的囚徒大合唱，柔软时像20世纪20年代乐队里的小提琴声，当巨大的白云因为遮住猛烈的太阳而呈现出灰色和金色，如德国人高亢的男声伴随华丽的电声响彻整个蓝天：“为什么他们不能保持年轻？我要韶华永驻。

小时候，夏天，仰面躺在大楼的阴影里，水泥地留着阳光的暖意。台风过后，上海的天空难得蔚蓝，沉甸甸，满载水汽的云是浅灰色的，在天上汹涌而过，好像淮海路上游行的队伍。它们经过灰色的四十年代大楼时，好像大楼就要迎面倒下来一般。

我身边当时躺着童年时代唯一的朋友，她比我大一岁，比我坚强，赌气般地保持着孤独。她说大楼是不会倒下来的，是因为云在天上移动的关系。这是一个童年时代一起看行云的人，我们一起成长，她父亲病危的最后一夜，我陪她在家里度过。午夜时分，我们一起守在煤气上噗噗作响的野山参蒸锅旁，为她父亲蒸好最后一小碗人参汤。她从小警告我，不可原谅小时候曾欺负过我们的孩子，永远不能原谅他们，也永不原谅生活的不公平。

中年时，她得了癌症。她独自躺在床上，朝我笑了笑。她好像抱歉似的笑容，让我想起我们从前在飞奔的云下，她断定大楼不会因云的移动而倒下，那时我们还都不到十岁。不论那时我们是多么赌气地要永远如何，但心中却没有对于“永远”的遗憾。

她躺在床上告诉我，小时候欺负过我们的人，有一日曾在大楼旁边的水泥地上遇见她，想要与我们恢复联系。那人说，我们都早已不是小孩子了。她说，她已为我拒绝。她告诫我说，我们不能原谅。我说好的。她说这种不原谅，也许就是她身上癌症的原因，但即使这样，答案还是不原谅。

大洋洲被称为白云的故乡，世上所有的云朵都会回到这里，如人总有一天要回到故里，或者从这里出发。小时候，云一会变成一堆绵羊，一会又变成一对正在接吻的情人，一会再变成飞扬的旗帜，还有长长的惜别纸带。后来，云令人想起音乐。更多时候，在大洋洲的蓝天上，它们的形状难以名状。此刻我已明白，这个样子，就是生活本身的样子。

不论它们会像什么，都永远是云。

美国芝加哥——位于25B的大陆航空经济舱座位：小慧与《同名人》 ❄

到威斯康星大学去演讲，要在芝加哥转飞机。芝加哥机场是出了名的混乱，飞机误点是常事，比中国的长途汽车误点还要多。人坐在飞机里，一等就是一两个小时，等着来一个地勤，为我们将登机桥接到机舱口来，好让我们下飞机。但地勤就是不来。好多人手里都拿着转飞机的第二张机票，眼睁睁地看着自己在芝加哥接驳的第二架飞机轰的一声飞上了天，而自己还在第一架飞机里系着安全带——飞机还没有真的到港，解除安全带的标志还没有熄灭，一飞机的人都老老实实地系自己的安全带，而且简直听不到误飞机的人抱怨。布什真是遇到了好人民。后来说给纽约的小慧听，她说，这是美国老百姓的教养和体谅。

就在这无聊又沮丧的时候，我闻到了印度香的气味，轻微而

刺鼻的印度香。然后，我看到隔着通道，在25B的座位上有一个老妇人，穿了家常的化纤裤子，沃尔玛里买的廉价运动鞋，和一件浅色的套头衫。要不是看到她手腕上沉甸甸的金镯子，简直就看不到她与印度香之间有什么联系。她看上去认识英文，她在漫不经心地翻阅着联合航空的飞机刊物，在拼字游戏那里看了好一会，也许她在家里无聊的时候，也玩这种拼字游戏。

她这是旅行去哪里啊？我想她应该是去看孩子，要是她回印度省亲，一定会隆重得多吧，她应该会穿纱丽。她的前额没有点朱砂，那意味着她的丈夫已经去世了，她当年跟随丈夫到美国，在这陌生的地方留下来，哪里有她的孩子和丈夫，哪里就是她的家。但现在孩子大了，离开家了，甚至不肯真的承认自己是地道印度人了，丈夫死在美国了，只留下她一个人。现在哪里才是她的家呢？她在美国旅行，玩英文拼字游戏，穿大卖场里的运动鞋，哪里才是她的家呢？她的心是空荡荡的吧。

她身上有种潦草对付着的气氛，像印度香的气息一样散发着，微轻而毫不含糊。让我想到我家住在东岸的亲戚，她晚上到K-MART去买减价西瓜，穿了一条在洗衣机里洗得走了形的腈纶运动裤。裤子软软地吊在身上，简直像迈克尔·杰克逊。她解释说，他们外国人又不懂什么中国人的好看。真要好看，要回到淮海中路才会有知音。大概一个人到了别人的国家，会有这种身处异地的封闭和放弃吧，在异乡，简直就像自己一个人进了洗澡间，而且关上了门，只有自己看自己。

为了这一点，我喜欢小慧的坚强，她家里布置得很漂亮，她有不少漂亮衣服，有时她在家里读《浮生六记》，黄昏时候，我们一起去华盛顿广场附近的酒吧玩，去书店翻书，她保留了自己对生活的浮想，多年以后，她在美国安顿下来，又为自己接上了十六岁时候的钢琴课，请老师教她当年中断的小奏鸣曲课程。她成功地再次建立了自己的生活，一点也不潦草。她少年时代是喜欢写作的，现在她开始翻译文学作品到中文，她翻译了一本印度裔作家的长篇小说到中文。她白天做着她的电脑工程师的工作，晚上想着要开一家精美的小书店，播放古典乐，供应上好的咖啡和日本茶，有时也想开一个小出版社，专出她喜欢而且认为值得推荐的书。这种文人理想，在全世界都是死路。我对她说，想要自杀，不妨选择捷径，不必这样凌迟致死。她放声大笑。然后说好，那么，就翻译书吧，这样不至于危及性命。

我向那个印度老妇人笑了笑，算是招呼。她吃了一惊，赶紧用笑回应了，然后，马上将自己的眼睛埋回到杂志里去。我能理解她，她不习惯和陌生人搭讪。我也是一个不习惯与陌生人搭讪的人，常常在飞机上十几个小时都不和邻座说一句话的，有时不和邻座说话，渐渐会在飞机窄小的空间里滋生出种赌气般的紧张。但我却觉得与那个老妇人之间的沉默，是种亲切的沉默。我只是愿意让她觉得舒服和自然，我甚至愿意保护她的沉默。好像她是我年迈的亲人。我甚至看出她吃多了咖喱饭而变得肥胖的肩膀上的寂寞，我愿意轻轻搂着她，不介意自己身上沾染上印度香的气味。而通常，我是连女用面霜里太多的香味都害怕的人。

然后，我醒悟到，这种亲切的感觉，是因为小慧翻译的那本小说《同名人》。小说里的那个跟随丈夫来美国生活的印度女人的一生的故事。因为读了那本小说，好像我真的了解这个邻座女人的从前和现在，包括她丈夫和孩子内心冲突和忍耐，他们生活中那些难以消除的冲突，矛盾，困境和伤怀。小慧曾说过，这个故事反映了移民和移民第二代在美国的内心生活，写得那么好，她将小说翻译成中文，也算为中国背景的移民们做一件形而上的事情。

有一年，我在小慧家说，一个人，漂洋过海来美国生活，真想一片树叶从树上落下地，却要想生根发芽，再成另一棵树。那次，是小慧到美国八年以后我们第一次见面，只见她从一个胖胖的女孩突然变小了一号，只听她说，自己的神经现在像电线一样粗。小慧那时靠在纽约大学教工公寓的走廊墙上对我笑，笑着折回厨房去，捧出一个细长的玻璃花瓶，瓶子里养着一条绿枝，水中的枝条上长着像头发一样又细又多的白色根须。她笑着晃动花瓶，让那些白色的根须在水中摇摆，然后说：“这是我刚到美国的时候在水里养的一片叶子，现在它真的长成了一株。”那时我闺中的朋友大多数都到了美国，小慧是她们中的第一个，对我抱怨美国移民生活的缺乏精神性，而不用SAKS的购物袋，自家的殖民式楼房和纽约都会用时尚来搪塞这里生活的乏味。

我们的飞机总算等来了地勤，他总算为我们接上了通道，我们的舱门总算打开了，乘务员朗读着长长的接驳航班的登机口号码，节约大家找登机口的时间。我问那个老妇人，要不要我帮忙她找登机口，或者找柜台定下一班飞机的座位。她说自己能行。她有一双黯淡的大眼睛，形状优美，她头发里散发着印度厨房的气味，在那一刻，我觉得自己是在与小慧翻译的书里的人物说话，也是对那个年龄的所有移民说话。

德国慕尼黑——一间黄色的街头公共电话亭：电话线那端的世界

那是一个礼拜天的下午，德国生活中最无聊的时刻，人们都不知道到哪里去了，街上没有人，甚至咖啡馆里也没有什么人，大雨却倾泻下来了。咖啡不热，味道也不好。

独自旅行，有时会有种根深蒂固的孤独，像牙痛一样，突然

就让人兴致全无。它常常在这种糟糕的天气和空荡荡的咖啡馆里发作。被它折磨着，忍不住要想，我为什么独自一个人在这里消磨时光呢？为什么呢？却也没有什么伟大的目的，有时不过是想念一杯盛在灰蓝色陶瓷大杯子里的牛奶咖啡了。有时却是希望自己有长风万里的错觉，期待自己不是在日常生活中陷得那么深，如一个人在沼泽中一样。有时甚至就是怀念这种带有苦楚的独处的漫长时刻了。

咖啡馆的深处，厕所旁边的墙上，挂着一个投币电话。我随身总有一个灰色的小布袋装零钱，那是澳大利亚航空公司发给乘客装眼罩的小袋子。很结实。我总是将这满满一袋子硬币拿出来，放在电话下的小木几上，然后往上海拨电话。在没有网络电话的时代，越洋电话需要几十个硬币才能说上一些话。神奇的电话线，能将电话那头的气息传递过来，女儿咚咚咚跑过来的声音让我想到了有些摇晃的旧地板，丈夫的声音里衬着楼下院子里有卖竹竿的小贩的吆喝声，“你都还好吗？”“好的。”家里人彼此问着好。“宝宝开心吗？”“开心的。我和小男孩打架也赢了。”我心里的感觉，就像一只飘飘摇摇的风筝，被线拉着。

打完电话，咖啡更凉了，表面上浮起一缕缕白色的奶沫。心却跳得欢快起来了，眼睛也开始东张西望，如果有人想要聊聊天，我也很乐意参加。

那时候，我知道，一个人能独自长途旅行，当然有许多种理由。但有种理由，是因为他有一个安稳的家，他能随时打电话回家，有人会为了他的电话在旧地板上咚咚咚地跑过来，还有人在旁边催促：“快快快，你妈在电话里面。”世界上没有什么事，不是合二为一的。

中国伊宁——一条河流：伊宁的契诃夫 ☼

“叶果鲁希卡也脱掉衣服，可是并没有走下河岸的高坡，却一阵风似的往前猛跑几步，飞下去，离水面有一俄丈半高。他的身体在空中画了一道弧线，落进水里，沉得很深，可是没有碰到底。有一股不知什么力量使他感到又凉快又舒服，把他托起来，送回水面上来了。他钻出水面，喷鼻子，吹水泡，睁开眼睛。可是太阳正巧映在贴近他脸的水面上。先是耀眼的光点，随后是彩虹和黑斑，照进了他的眼睛。他赶紧又沉进水里，在水里睁开眼睛，看见一片迷茫的绿色，就跟月夜的天空一样。原先那股力量又不让他沉到水底，不让他待在凉爽里，却把他托上水面来。他钻出水面，深深呼一口气，不但胸膛里觉得畅快清新，就连肚子里也感觉到了。然后，为了要尽情享受河水，他就让自己随意玩各种花样：仰面躺在水面上，享享福，拍拍水，翻个跟头，然后背朝上游，侧着身子游，仰面游，立着游，总之随自己高兴，游累了为止。对岸长着茂密的芦苇，河岸让太阳涂上一层金光，芦花像美丽的穗子似的低垂到水面上。”

当在伊宁的盛夏黄昏时分，偶尔的，来到一条河边，我和我丈夫突然觉得这地方竟如此熟悉。这深深的蓝天，照在河边游泳的男孩子们身上的朗朗阳光，这好像蜜糖一样微黄和稠重的阳光，高高的白杨树梢上，在微风中哆嗦的细小树叶，一种奇异的诗意，古老的，含糊不清的从记忆深处翩然而出，就像我们还是中文系学生的年轻时代。这是2012年的夏天，虽然我们已经认识很久了，可生活真正的风暴还未到来，或者它已经来过了，可在忽视中它就过去了。

我们站在河边，听到远处蓝色的河面上传来水声，有人在游泳。这里令人想起俄罗斯的草原，或者说俄罗斯文学中的草原，对了，是契诃夫的《草原》，一部中篇小说。年轻时代读过的小说，被眼前高高的绿树和发蓝的河流勾起，就好像是长柄勺子从玻璃大口瓶里舀起白酒中的杨梅那样，带着青春强烈的植物的气味。两个人在一起收拾各自的书，准备搬到一起住的时候，讨论过两本同样版本的书的去留问题，我们的书架简直放不下了。后来，我的书大多留在自己家，其中就有契诃夫的中篇小说选吧。《草原》是小说选集中的第一篇吧，是我最钟爱的小说。

“远处不知什么地方，有个女人在唱歌，至于她究竟在哪儿，在哪个方向，却说不清。歌声低抑，冗长，悲凉，跟挽歌一样，听也听不清楚，时而从右边传来，时而从左边传来，时而从上面传来，时而从地下传来，仿佛有个肉眼看不见的幽灵在草原上空飞翔和歌唱。叶果鲁希卡看一看四周，闹不清古怪的歌声是从哪儿来的。后来他仔细一听，觉得必是青草在唱歌。青草半死不活，已经凋萎，它的歌声中没有歌词，然而悲凉恳切地向什么人述说着，讲到它自己什么罪也没有，太阳却平白无故地烧烤它。它口口声声说它热烈地想活下去，它还年轻，要不是因为天热，天干，它会长得很漂亮，它没罪，可是它又求人原谅，还赌咒说它难忍难挨地痛苦，悲哀，可怜自己。”

我们如此钟爱俄罗斯文学，甚至在结婚第一年，我们一起去读了俄文课，背诵契诃夫小说里用到的那些复杂的动词变形。年轻时学过的俄文如今都已忘记了。

《草原》留在我们心中的感情被唤醒了，虽然我们甚至不再记得草原的故事，有时也将它与屠格涅夫的《猎人笔记》混在一起，当然也和普希金的诗歌混在一起，那些对草木深深的辽阔天地充满感情的描写，在我们心中已经成为一团模糊的暗影，好在它在伊宁，与我们劈面相遇。

“真像俄罗斯。”

“像俄苏文学中的俄罗斯。”

像我们心中模糊而强烈的记忆中的译文里的俄罗斯，谁翻译的？屠岸还是汝龙？

我们站在一棵散发着芬芳的大树下嘟囔着。俄罗斯大地的夏季，总像一些诗句那样优美。而我们终于得以去俄罗斯旅行的1993年，却是冬天，在彼得堡，我们见到的是俄罗斯文学中优美的初雪。我们一起去的俄罗斯，但不是夏天，也不是草原。在红场附近的街道上，我们看到一栋淡黄色的墙上，画着一个戴夹鼻眼镜的男人，当然，他就是契诃夫。

“太阳跟昨天一样炎热，一点风也没有，叫人发闷。河岸上有几株杨柳，可是树的阴影不落在土地上，却映在水面上，变得一无用处了，就连躺在货车底下的阴影里，也还是闷热不堪，使人心里憋得慌。水映着天空而发蓝，热烈地引诱人们到它那儿去。谁需要这么开阔的天地呢？这真叫人弄不懂，古怪。谁需要这么开阔的天地呢？”

这是契诃夫的句子，它浮现在伊宁发蓝的河流上方，我们夫妻的面前。原来我们已经远远地离开了自己的中文系学生的时代，伊宁郊外的那条令人想起《草原》的河流令人明白，原来以为会无穷无尽的青春已经过去了，可原以为永别而去的青春，竟然是留存在心里的。

太平洋上空——一扇舷窗：云

那是1996年初夏，从法兰克福回上海。飞机上，我安顿好了自己，吃了茶苯海明，戴上耳机。飞机已在一万米的高空走稳，镇定药已经开始在体内作用，意识正在安稳地飘摇。我闻到衬衣上德国洗衣粉留下的气味，它与中国洗衣粉的气味不同，是异乡的气味。然后，我闻到衬衣里皮肤的气味，绿茶润肤乳在温暖干燥的皮肤上散发清新的味道。但我知道，这其实更是旅行之后，身心清爽的人散发出来的味道。独自旅行对我来说，让我想起专心致志地洗一个很长的热水澡。然后，又在融化了的浴盐汤里泡了很久。向东方而去的飞机，撇下在日常生活中身体和心灵的倦怠，灰尘，失望，死皮，高高地飞起来，载着一个新鲜人回家。焕然一新，然后回家，这是两样长途旅行后最好的结果。

我在一万米的高空上。

天色蓝得就像任何德国南部天主教小教堂里画的天堂一样。

阳光匀称地照亮我目力所及的整个宇宙，没有阴影，因而几乎不能说它就是通常的阳光，而更像是“上帝说，要有光”的那种“光”。

有时我的脚下有大朵厚重的白云，翡冷翠博物馆里的天使画像，张张都有这样的云彩铺在脚下，将他们与尘世相隔。

此刻，要是看到舷窗外冉冉升起上帝和众天使，我想自己一定不会吃惊。如果他们不住在这里，还能在哪里呢。我认得他们的脸和衣服，在米开朗琪罗时代的所有画作里和意大利大部分乡村教堂的湿壁画上。

耳机里传来一个男人的歌声，Such a Wonderful World。他看到蓝天下树那么绿，还有红色玫瑰，他看到街上的人们在握手，他对自己说，这是个何等美妙的世界。是的，一个干净的身心，十二个小时待在一万米高的天空深处，这是个何等美妙的世界。

我渐渐迷恋长途旅行后回程的飞机，这种在云上百分之百纯净的感受，是旅行启程时所没有的，也是一个不够好的旅行之后不会有的。

第五章

如在放大镜下观看一粒钻石被切割那样对待一次旅行

看细节，如一粒钻石在不同割面闪烁出不同的光华那样，散发出微观强烈的多元性，这是宁静悠远的旅行最迷人之处。旅行者在这样的经历中意识到旅行包含着的广袤，它可以通向非常不同的心灵与记忆的目的地，好像一个车站，或者一个机场。看上去你到达了一个目的地，其实你到达的是一个出发地，众多箭头指向了不同的目的地，每一处都闪烁着不同的光华。

宏观似乎视野广阔，其实微观的指向更为多元。微观解放了宏观不得不强化的逻辑性，微观似乎意味着无数从原点到目标的无数次出发，层层叠叠的可能性，时空倒错的可能性，小的裂隙造成的独立世界，这些都是旅行世界中微观带来的。

一列老式绿皮慢火车，狭小的空间，遗存，在老式蒸汽列车日以继夜发出的巨大噪音中难以入眠的夜晚，大把需要消磨的旅途中的时间，钻石开始闪光。

晚上，在纪录片频道，我看到一列火车向镜头蜿蜒驶来，旁边是锈红色的土地，矮小的绿树在那样的土地上十分鲜艳，像印象派的油画，那应该就是云贵高原上的漫漫野地。

两个月前，跟随中英两国八个作家慢火车旅行的电视小组，沿途拍摄，现在他们的纪录片播出了。在片子里，我又听到中国慢火车那粗壮的，笨拙的，古典的，落伍的，动荡不宁的汽笛声。

在我的少年时代，我家住在六楼，当时在上海，算是高房子了。

夏天，夜晚，坐在阳台的藤椅上，能听到城市边缘的铁轨上传来的火车汽笛声。我总是留神萧条市声中浮起的那些长长的，嘹亮的汽笛声，在汽笛回旋的几分钟里，想象着有一天我长大了，终于要离开这乏味的生活，带上我房间里父母的牛皮箱，带上我的笔和纸——那时我已经希望将来成为一个作家了——离开，再也不回来。

汽笛总是让我想到远离，而不是归来。我能感觉到在火车的汽笛里，有一种对遥远地方的乡愁。

只是，当我真的实现少年时代的梦想去远方的时候，听到的已是飞机起飞时发动机的轰鸣声。汽笛带来的诗意始终未在我的生活中得到实现。

飞机是不同的。起飞时，飞机常常因为发动机的抖动而剧烈颤抖，头顶上的行李箱嘎嘎作响，里面的手提行李箱好像要掉出来一样，令人担心。因为耳膜在气压变化时嗡嗡作响，所以那声音像在梦中听到的那样，软绵绵的，模糊不清。

在欧洲，我坐了不少火车，但那些火车都很安静，我不记得曾听到过汽笛的声音。在欧洲乘火车旅行，在古色古香的月台上停下，是我少年时代读完《安娜·卡列尼娜》后持之以恒的梦想。但因为少了一路的汽笛声，在我心里，好像那个梦想从来不曾实现过。不过，在这一路中国慢火车的旅行中，充满了地道的，一成不变的汽笛声，去远方的梦想又回来了，而且实现了——我在汽笛声中在中国版图的整个下方，从东南到西南，最底端的香港，旅行了十三天。

四川至云南——Jee，Jee—e：绿皮车厢之间连接处的尖锐摩擦声

从电视里我又听到火车的铁轮与铁轨的撞击声。还有车厢连接处的什么铁器发出的尖厉摩擦声。这些尖厉的声音曾让我整夜不能入睡。

那是我们火车旅行最长的一程，三十三个小时的慢火车。我和苏珊住最靠门的那间包厢，也许离车厢连接处最近，所以我们小小的空间里充满了尖厉的声音。好像什么地方要裂开，什么东西要掉下来，哪一节车厢要脱离开了。两块铁摩擦发出的声音，就像小时候最恶作剧的小孩用指甲刮玻璃发出的声音，可以逼人发疯。

第二天早上，苏珊向来我们包厢的人介绍那奇怪的声音，她逼尖了本来柔和的声音：“这里，它来了，Yee，Yee，Yee—e。”

在我心里，它是一种“Jee，Jee—e。”的声音。

列车长是个面色红润的云南青年，他解释说，那是因为这一段路的铁轨是架在石灰岩上，不那么结实，所以列车跳动得比较厉害，才发出这样的声音。他为这一路的石灰岩向我们道歉。可是多么奇怪，他怎么能为云贵高原的石灰岩地形向我们道歉，为什么？我从来没想到为上海冬天恶劣的天气向外地人道歉。

“Yee—e，Jee—e。”火车那样折磨人地叫着，我努力平静自己，苏珊也是。我想，我们有时表现出一种家庭中最年幼的那一个，也是最得宠的女孩的共同习气，缺少忍耐力，但是乖巧。我在听我的音乐，是五轮真功的老歌，苏珊在她的黑色笔记本上记着什么东西，托比也在我们的房间里，安静地整理讲座上听众写给他的字条，他也用与苏珊一样的黑色笔记本。我们尽力创造一个安宁的空间。

在充满了铁器摩擦尖叫的小包厢里，这种安宁里浮动着一些茫然。做一次行程两万里的火车旅行，与本来陌生的作家朝夕相处，我想，我们三个人都并不真正知道我们想要得到什么，又能得到什么。身体累了，因为没有足够的独处的时间而烦躁，感觉却是这样活跃，回忆和思想有时汹涌而至。我一直不记任何东西，怕打乱了自己，同时也因为不能肯定，自己想的事就那么有意义，值得付诸文字。

北京至重庆——广播里的鼻音：如此的中国

在电视里，我看到了列车播音员的脸，那个清秀的女孩正在跟托比学用英文播报到站通知。

她的声音像所有中国列车上的播音员一样，我十六岁时第一次乘长途火车，就熟悉了这样的声音，带着口音的普通话，明朗的，有些做作的声音，这是火车播音员统一的声音，她们发声的部位，为了声音柔和而特地加重的鼻音，就像经过训练一样，有惊人的一致。

令我吃惊的是她们的声音和语调的传承。她们的声音从“文化大革命”后期那死寂的时代，到八十年代思想解放运动那激昂的时代，到九十年代的经济起飞，农民涌向城市，学生涌出国门，商人涌向南方，中国大地已经几番沧海桑田了，可奔跑在这土地上的火车播音员，一代又一代，却始终没改变她们的声音和她们的趣味。

她们报站，她们在清晨就开始播音吵醒大家，她们在晚上八点半准时播放中央人民广播电台的新闻联播节目，她们告诉乘

客餐车就要送饭到车厢里了，她们在餐车供应食物的时间要结束前，一连三遍广播，敦促大家去吃饭，她们播报早餐的菜单，面条，稀饭，面包。她们为大家播放相声，说书，还有明快乏味的三流流行歌曲，比较软性的，简单的，会让一些旅客觉得乏味，但不会让火车上旅行的各色人等觉得刺耳。我很吃惊地发现，她们的声音和风格，真是巨变的中国大地上难得的不变之物。

在不同的火车上，她们恒定的声音里，却总是让我感到时代一掠而过的飞逝。

托比努力纠正着那女孩的发音，看上去他为她用鼻子发声习惯的不能改变有点不知所措。她的发声方法很顽固，要是用她的王牌鼻音来说用必须打开口腔的后部说的英式英语，真是不可能的任务。我看着那女孩的嘴，我知道她学不了托比的纯正英国音，我其实也不希望她能学会，要改变，要像中国民航的空中小姐那样说话。我希望她能保持自己的绿皮火车口音，那是如此的中国。

我有一张照片，全是黑色的，开始我以为照相店弄错了，但很快就懂得，它就是那张。本来我想要拍铁路边上草坡上的坟墓，我的快门刚刚打开，火车却飞快地钻进了另一个黑暗的山洞，所以留在底片上的，就是隧道里的黑暗。

从北京到重庆，一路上都是大山，一路上都是隧道。常常刚从黑暗的隧道里钻出来，在秋天灿烂的阳光下，就能看到朝南的草坡上，有一排排长满绿草的坟茔，墓碑上画着一个红色的五角星。坟茔里埋着为修建这条铁路而死去的工程兵和工人。

修建铁路的时候，用炸药炸开石头，修建隧道，但炸开的山洞里充满炸药气味和粉尘，却没有足够的电和鼓风机驱散那些毒气，工人无法进洞去工作。于是，最年轻的工程兵，一个班，一个排，一个连，列队跑步，从山洞的这头跑到山洞的那头，用人的身体，将山洞里的毒气带出来，把新鲜的空气带进去。

那一路，大山无穷无尽，隧道成百上千，有多少年轻的士兵，在那样的山洞里跑过步？有多少年轻人就将自己的生命留在隧道边上了？我听着火车铁轮子的声音，直觉得我们的火车是在那些三十年前的年轻人身上开过去的，心里真是不忍。但我不知道怎么办，所以就照了相。

我看着那张一团黑色的照片，突然想起我的画家朋友，他画的中国山水壮丽充和，长长的清水从绿色的大山上挂下来，山崖上长满了红晕般的花朵。画家都卖画，他却不舍得，留着给自己看，一边看，一边赞美：“好美的山水！”

他六十岁时，得肺癌死去了。他手术以后，我曾去看他，他说起，年轻时代当过兵，所在的部队长年在四川大山里修铁路，那时吸进了太多的粉尘，就得了矽肺。我不知道什么是矽肺，他说吸进太多的粉尘，淤积在肺叶上，肺部像石头一样硬了，就是矽肺。

在他没有失去意识以前，我再去看他，他说过，他真的不甘心就这样辞世，他心里的那些美丽大山都没有画出来。他病中的最后一幅画挂在病室的墙上，没有画完，还是大幅山水，长长的清流从山上挂下来，可那从前辽阔的青山绿水，现在全是如血的红色。我突然想到，他也许就是那些跑步穿过隧道的士兵中的一个。

他终于没有来得及画完这幅山水，就去世了。

那偶尔留在底片上的黑暗隧道，让我回忆起火车经过那些隧道的时候，火车呼啸着从明亮的山水天色间冲进完全的黑暗中，耳朵嗡的一声，被气流堵住了，车厢顶部的灯暗淡地亮了起来，车轮与铁轨的撞击声被隧道放大，听不见任何其他声音。须臾，火车又呼啸着从隧道里冲出来，强烈的自然光线像刀一样切进车厢和眼睛。

铁路边的高坡上，秋天的植物在入冬前最后的温暖阳光里摇曳，大山高耸入云，像屏风一样折叠着。但须臾，火车再次呼啸着冲进另一个隧道。那是我记忆里最难受和漫长的旅途，我总是记得那些路边上一晃而过的红色五角星，它们是嵌在修铁路的年轻人坟茔上的标志。

重庆至昆明——语调：精神取向的标志

托比说起话来，有点符合我想象中的英国作家式的抑扬顿挫，比如电影中的毛姆。苏珊说话的时候，眼神流转，则让我想到电影里的佛吉尼亚·伍尔芙。我的想象是足够的陈旧，因为我对当代的英国文学一点也不了解，我相信自己也读过一些，但却没有真正感动过，所以很快就忘记了。我的口味是被18、19世纪到20世纪初的英国文学固定住了的，是老奶奶的趣味。

他们俩是大学写作班的前后同学，他们说话时语调的飞扬，带着文学气息。

罗漫石是不是真的有南亚的口音，我并不能肯定，因为我有时看着人的脸，会对这个人说的话有很主观，而且很错误的认知。眼睛给我的认知会扭转我听觉给予的评价，这是奇怪的事，也许因为我是用眼睛认识世界的那种人。有次一个德国教授对我说中文，我就是听不懂他的话，等我不看他的脸，刹那之间，就懂得他在说什么了：我是真的委屈了他，他说的分明是四声完整的中文，而那时，我心里却只管诧异地想，这个人的英文怎么这样奇怪，好像中文一样。罗漫石的祖籍是斯里兰卡，他的脸让我想起南亚庙宇里那些拳拳圆满的菩萨。不看他的脸，我能听到他口音里面的英国人的抑扬顿挫，但是看着他的脸，我会觉得他说的话里面，有不少南亚人带着的清晰齿音。他的脸，是很正确的写后殖民小说的作家的脸，他果然也写后殖民题材，还是个标志性的作家。

西乃特在北爱尔兰的英国学校里长大，是个诗人，用平静柔软但感伤和宽宥的声音朗读她写的诗歌，她最喜欢朗读。

在电视里，我再次看到他们的脸，他们的衣服，他们的箱子，听到他们说话的声音。在火车上，即使是两眼望着外面移动的山水城市，耳朵里也会有他们的声音，远远近近，如空气相伴。他们四个，都有英国人说话的那种翩翩然的抑扬顿挫。

黄昏时，苍茫的褐色大地在车窗前缓缓移动，遥远农舍昏黄的灯光，田野里一堆堆正在燃烧的麦秸，这是我通常心绪安宁，灵感腾升的时刻，尤其是在一列火车上，它又正在掠过陌生的田野。

苏珊和西乃特闲聊的声音让我想到了我少年时代学英文时听过的唱片。绿色的，透明的塑料唱片，《英语九百句》，《英语精华》。美式口音要到八十年代末才真正成为青年模仿的时髦。将英文当跳板离开中国的生活轨道，也发生在那时候。在此之前的《英语九百句》的时代，学英文并不为稻粱谋，而是一种微小的，不肯与西方文明断绝关系的坚持。比我年长的人，即使只能用英文版的《毛主席语录》当教材学英文，也还是要学。那抑扬顿挫的英国口音，是某种精神取向的标志。在《英语九百句》的听力书上，每句句子都有小小的箭头，标出语调在此刻正确地上升或者下降，来提示学习的人。

那时，英文对我来说，与米开朗琪罗笔下的《圣经》故事差不多的不可置信地遥远，与巴洛克教堂的天庭差不多的不可思议地缤纷。我将那抑扬顿挫当成过许多东西，独独不是一种语音。即使我的想象力超凡，也从未曾想到，有一天，我会真正用上英文，与人聊天，与人探讨自己的写作之道，为自己的英文缺少教养而焦虑，为自己的舌头转不到位而紧张。

夕阳透过田野上方沉重的灰色云雾，放射出千万道红色的金光。在《新概念英语》的一段课文里，说道，西谚说，黄昏时天空中的万道金光，是天堂开启的时刻。那是我读的最后一套英文教科书，远在1979年。

贵州至广西——一片郁郁葱葱的甘蔗田：血缘之地

甘蔗田里，能看到紫色的甘蔗皮在夕阳下闪烁。那是我陌生的南方，是我父亲的出生地广西，是我祖父的出生地广东。在户口本上，我父亲的祖籍写的是广东，我的祖籍写的是广西。

依稀记得小时候，从爷爷和爸爸那里学说到一口广西话和广东话，但现在全都忘记了。我在北京生，上海长，从来没有回广西看过我父亲的老家，甚至这是我第一次到广西境内，还是在开着的火车上。火车路过广西境内时，我守在窗前不动，看到田野里种着甘蔗："那就是我爸爸小时候天天飞奔而过的甘蔗田吧。"我想。

黄昏时，我看到一个瘦瘦的少年，骑着一辆破脚踏车，在甘蔗田细长的田埂上飞快地掠过，他有一张像我父亲一样的容长脸儿，长得很像我父亲初中时穿着深色校服的照片的样子。那少年的脸上，有种自由自在，温良安静的表情，与北京和上海的少年脸上的表情不同，“大概那就是广西男孩子的表情吧。”我想。

我知道每个地方的人，有各自从不同的山水风物中熏陶出来的，属于自己地方的表情。父亲旧照片上的神情就是这样的。他的少年时代，日本人已经侵略中国的北方了，我的母亲在她北方被占领的家乡度过童年，她上的是日本人学校，冬天也穿裙子。

他参加了中学生“夜呼队”，每天晚上到小城中的每条街道，每幢房屋前去喊叫。他们喊：“中国就要亡国了，同胞们大家起来抗日啊。”到老年时，父亲记忆起夜呼的声音，他告诉我说，那声音其实是很凄凉无告的。然后，父亲就离开家去找红军了，他的生活，从此离开了一个南方小城少年的宁静，像小船驶向了茫茫大海。

在火车上，我望着那起伏在甘蔗田的田埂上的少年，想象着他将来的命运，他也会将来一去万里吗？他的孩子也会从来没机会认识他的家乡吗？在甘蔗田边飞奔的我的父亲，他的身体正像这个少年一样，刚刚发育。在他那时年轻的，精血开始充盈的身体里，已经开始生产精子了，某个精子就将创造我。我想着这些，心里惊异不止。

暮霭很快降临大地，甘蔗田的样子变得像席梦思一样带着睡意。我感到那苍茫的陌生大地，有什么东西与我息息相通。这种奇妙的感情我第一次体会到，它让我心里充满稠重的暖意，我不知道这是不是某种类似归属的意愿。

图片集

一座城的细节：镰仓

◆ 这是镰仓，日本武士时代的古都，幕府时代的重镇，俳句作家的故乡。鹤岗八幡宫前的源平池里，曾为源氏家族子嗣兴旺遍种莲花，如今十一世纪的莲花仍在，源氏血脉断绝，但十一世纪的《源氏物语》无疑已成为世界名著。

◆ 江南的禅寺到了镰仓，终究变成另一种意味深长的景物，在院落中有了枯山水，在桌上有了茶道，在镰仓古旧城中，是一团刻意维护的寂静。唐朝时从江南禅寺来了传经的和尚，他带来江南的孟宗竹苗，如今禅寺中的竹林已成胜景。二十四孝中的故事也因此在镰仓流传。竹林深处问禅，江南和尚说，江南的禅问心，镰仓的禅重形。故江南的禅在心中，镰仓的禅入了举止与生活方式。

◆ 镰仓古墓上，长满浅绿色的青苔，诚如俳句所咏。用德国黑白胶片和古老日本相机拍摄镰仓，只觉得这是知音的遥远一瞥。

◆ 镰仓武士家族总有灭门之灾。长谷的小街深处，十二世纪被灭门的武士家成了小寺院，院落里种了几十种紫阳花。春意深重的黄昏，有人在院落里浇花，水声落在叶上，别无他响。神社前照例悬挂着远远看去触目惊心的祈祷的旗幡。

◆ 小动村前海滩上晒着鱼干，苍蝇站在正在收缩的鱼肉上，轻搓它的两条前腿。这个细腻的描绘，是镰仓一本俳句集里的句子。镰仓之外，海为浅蓝色，黄昏多大风。海湾的小渔村山岗上，由于大风吹动松树，故名叫小动。沿海的小火车直接穿过村子和鱼铺。有妆容一丝不苟的女人穿着白色洋装前来买鱼，享受渔福。

◆ 古老的黄包车仍由精壮的年轻车夫拉着，他穿着一双黑色帆布功夫鞋，是忍者从前穿的。

◆ 镰仓总是受到作家的喜爱，从川端康成到三岛由纪夫，信仰和个性大异，却都喜欢这个古意盎然的小地方。这种爱好一直延续到渡边淳一的小说里，即使是不伦的幽会，也不会再有比镰仓更合适的地方了。禅寺路边的水缸和落叶，这便是日本式的禅意。一休师父不在了，落叶便堆积起来。

◆ 湘南小街上有种奇异的安宁与松弛。鲁迅病重时曾计划前往镰仓附近的小村镇休养一阵，大概他也非常渴望一种与世无争的，在纸窗前能听到有人默默骑车而过的生活吧。这里至今仍是俳句的重镇。

◆ 镰仓佛像令人想起斯里兰卡植物园中的可可豆树，上海外滩的英国式大楼，印度拉贾斯坦邦古老宫殿上的阿拉伯式花格窗，哥斯达黎加的西班牙语，以及韩国乡村酒馆中古老的汉字。长谷镇上有一个能剧院，还有一尊大铜佛，早年的海啸冲垮了寺庙，从此它坐在外面几百年。长谷镇上总是寂静无声，正午时夫妇馒头店前有脚踏车骑过，也留下车轮压过路面的声响。

◆ 镰仓八幡宫前的婚礼，没有人欢笑，新人穿黑白两色，来宾静默端坐，佩戴白色纸花。在鼓和三弦琴以及尺八伴奏下，盛装的男人高歌，发出苍凉悲恸的歌声，哀悼人生一些永远的失去。庙堂门上，祝福的折纸也是白色的。

◆ 通往源赖朝大将军坟墓的大门在一处浓密的树林中。折起的白色纸条以一种追忆的姿势划过风中青草的气味。

图片集

一张脸的细节：小亚细亚

◆ 这是少女胸前刚萌发的乳房，青涩紧凑，秀丽而纯洁，应该很快就会长大并蓬松起来。这样短促的青春气息得以永恒，因为它是公元七世纪左右的大理石雕像。那住在崇拜阿佛洛狄忒的优美城市里的少女，成为雕塑家模特的她早已消逝，但我在古老大理石上轻轻捧着她的乳房，好像她仍在此地永生。你好啊，女孩，愿你曾享受过你的青春。

◆ 这是一只贵夫人的手，握着一块手帕，那时女人们用丝绸了吗？还是用亚麻？我不能肯定，因为历史很久远，在爱琴海沿岸，一切都有着语焉不详的传说和考证，有时希腊人与土耳其人为了历史和地理问题吵架，有时伊朗和波斯被混为一谈。我努力越过重重传说关注这只优美的手，和她的长袖衫，以及长袍轻柔的皱褶。如此细致地记录了飘逸柔软的女性薄长袍的，是一大块坚硬的大理石。

◆ 这是从公元前二世纪的罗马古城爱芙罗迪西亚出土的爱神坐像。一个崇拜阿佛洛狄忒的富饶城市，曾有过无数展现优美女性形象的大理石雕像，爱神的小腿和脚线条这样清秀精美。对青春女性忍不住的赞美和喜爱，至今都还留在那轻盈踮起的脚尖上。在那里看得见人们对世界全心全意的依赖与信任，那时可以毫无戒备地赞美造物主的伟大。

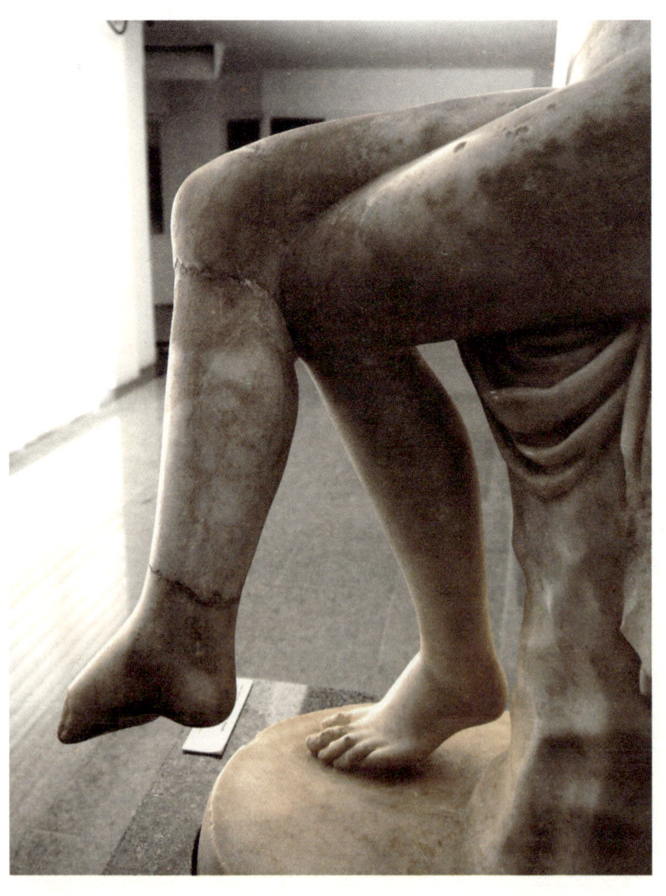

◆ 罗马石棺外的雕刻：丰收女神像。灿烂秋阳下，女神被公元前的一次地震砸破了前额，但仍旧忠实地携带着头发里的新鲜蔬果，一只苹果，一只菠萝。她的脸庞端正庄重，她的眼神平静顺从，就是人类还来不及各种病态的元阳模样。即使将我的手指放进她的嘴唇，她也想不到咬手指甲这样的坏习惯。

◆ 耶稣还未在伯利恒出生，这朵花就已开在繁华一时的叙利亚大道的大理石上。即使如今它丧失了一些花瓣，但盛放的姿势永不改变。宽阔的叙利亚大道经历了好几次大地震，最厉害的那一次将所有的爱奥尼亚柱子全都毁了。这就是齐名于以弗所古城，却早早凋零下来的老底嘉古城里的一朵花。在如今只有长长短短断柱的叙利亚大道向右拐，便能看到大教堂遗址，它是《圣经》中的小亚细亚七教堂中的老底嘉教堂，被耶稣批评为自满自足的属灵不良的教堂。

◆ 这是以弗所古城广场上的一串大理石葡萄，在胜利女神雕塑旁边。一串成熟了两千多年都来不及腐烂的葡萄。这里曾是公元前亚洲最繁荣的城市。站在这串坠坠欲滴的葡萄前，眺望大理石柱夹道的街市遗迹，那里是哈德良神庙，赛尔苏斯图书馆，是罗马浴室，罗马公共厕所遗址，是妓院遗址，是有着笔直海滨大道的港口。路上还有一块罗马妓院的大理石广告牌，上面画着女人和钱袋。后来，海啸带来的淤泥与政治变化将坚不可摧的大理石城摧毁，却留下了这一串葡萄。

◆ 罗马青年总是经历征战，浮雕上飞奔向前的他留下一双健壮的腿，和向后飘拂的短裙以及一把战斧。在杀人和被杀之间的飞奔，而不是在希腊城邦的圆形竞技场里飞奔，在被追杀的恐惧和对胜利的渴求中激发出的能量，在罗马的美学里，是力量之美的最高体现。

◆“能发出一种声音，早晨用四条腿走路，中午用两条腿走路，晚上却用三条腿走路，这是什么？”在埃及神话里，这是斯芬克斯对每个路过的人都会问的问题。这是个你死我活的谜语，如果路人不能回答，就会被狮子人吃掉。如果路人答出来了，狮子人便羞愤自尽。

◆ 如今一尊希腊女神正站在人面狮身像对面沉默，因为我的手指警告了她。我站在她们之间，裸露在短裙外的腿能感受到室外艳阳散发出的干燥热力，以及不远处古老的石灰温泉在空气中蒸发而出的水汽。当年克里奥佩特拉的温泉池底，沉睡着坡上的大半座阿波罗神庙，地震，仍旧是地震，将阿波罗神庙震塌了。泡温泉的人们在巨大的爱奥尼亚柱子之间游来游去。这尊女神见证了另一种事实：那个谜底的动物消失长久以后，大理石记录的事实都还在。

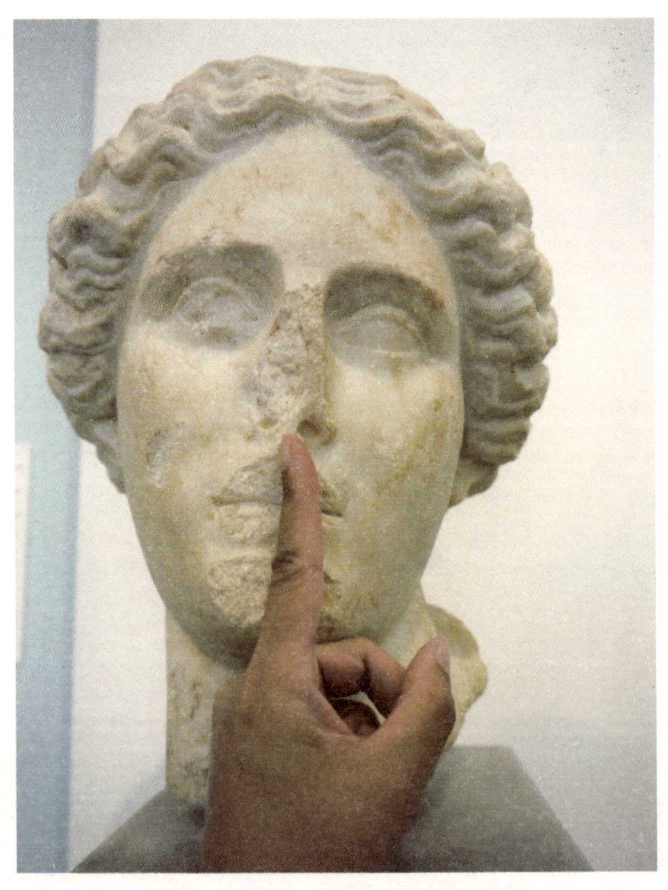

图片集

一片叶子的细节：世界

◆ 永冻土渐渐软化，人类前往开发地下资源。
2008 年，巴伦支堡

◆ 蒙代韦迪云林中有大量人类出现前就生活在森林中的古老阔叶植物，那著名的金色蟾蜍感染了由于海平面上升而出现在森林中的新型霉菌而灭绝。2011 年，蒙代韦迪

◆ 碎裂的北极冰盖。2008 年，北冰洋

◆ 阔叶树叶上附着着复活了的古老霉菌。2008 年，蒙代韦迪

◆ 淹死在北冰洋中的不光有会游泳的北极熊，还有不会游泳的北极驯鹿。北冰洋面积逐年扩大，动物不能适应。2008年，北冰洋

◆ 蒙代韦迪云林中濒危的毒蛙。2011年，蒙代韦迪

◆ 北极脏雪是北半球大气污染带来的，直接导致冰雪融化。2008 年，朗伊尔宾

◆ 中美洲的原始森林中，大量植物对古老霉菌没有抵抗力。2011 年，蒙代韦迪

◆ 新奥列松岛上的飞机场，人类开始染指融化了的土地。2008 年，新奥列松

第六章

微距的观察总有一天会将细节的各种记忆涓滴成河，使世界汇聚成有意义的整体

如果总是旅行，在成年以后。总是一个人走漫漫异乡路。而生命就这样在旅途中流逝，好像一条不归路。但在我的生活里，终于有一次旅行，灵光闪现，发现多年来，那些细小而具体的心中一动，那些记在心中的，散落在漫长的路途中的细节，终于串联到一起，变得充满意义。后来，一次又一次。

关于细节的记忆涓滴成河。那种串联就像星星在夜空中彼此辉映，可将它们勾连起来，就能显现出星座的模样。它们不再是夜空中单个的星，即使是星空中最亮的孤独北斗，它最终也是属于大熊星座的。

当旅行中发生了这样的关联，旅行者在旅行与生命中孜孜以求的意义——生命的意义与世界的意义，就会展现出它的面容。世界虽已变得越来越讲求实利又信仰虚无，但总有人生来就被意义所吸引，总有人求索生活的意义，古老的价值观总还在有些人心中郁郁葱葱。这些人平日与常人无异，但他们却是时时忍不住要上路的旅行者。因为那些孤独寂寞却心花怒放的旅行，让他们获得接近了心中向往的时刻：他们借由这些天赐的时刻，得以与一个有意义的世界相逢。

对细节的感受和收集，终于将引领旅行者一步步扎实地走向广袤世界。他在此找到获得世界观的方式，也找到表达世界观的能力。当微距观察到的细节彼此相连，世界就会像在鹰眼中的大地那样，辽阔又精微地展开。而旅行的人，从此获得了辽阔的眼界与开放的内心。

㊀ 爱如子弹能洞穿死亡的界限

德国柏林——一把悬挂的水壶：常青 ☼

在柏林十字山附近的街上，有一个老墓园。那个老墓园巨树如织，绿色中错落着各种上个世纪的石碑，荡漾着一种略有阴郁的浪漫气氛，我最喜欢。

更让我喜欢的是，这是个被亲人们好好照顾着的墓园。每次到柏林，去那墓园转上一圈，都能看到这里，那里，石碑前总是开着花，暮春时节的玫瑰开得好极了，到黄昏，半条小径上，都能闻见熟透了的香气，好像亲情和爱情都在延续。而且，因为只有心灵上的联系，反而比现实生活更完美了。

墓园门口天长日久竖了一个铁架子，好像厨房烤箱旁的墙上挂着的隔热手套和蛋糕盆一样，上面吊了各种颜色的水壶，为花草浇水用的。

难得这些墓园里的园艺工具，都挂得这么好看。

去世的人与未亡人之间，有种心灵的联系会长久地存在。我从不相信一个人死去后，就会完全从这个世界上消失。每次我去这柏林的墓园，经过这个明媚愉快的水壶架子，心里都会浮起那些我惦记的死者，他们没有病痛时的样子，他们好像垂下头微笑着，总是安适而快活，甚至那些自杀者。我相信因为死者以某种形式仍旧活着，和未亡者们仍旧心心相印，他们仍为自己心中还留着对方，而忍不住微笑。死者在墓碑后等着他们来墓上探访，微笑地接纳他们的照料，因此，这些水壶才会这么干净好看。死对亲爱者来说，是一种感情的开始，而不是结束，这是我在这个墓园里学到的，但要等多年以后我自己经历了亲人的故去，才理解这一排水壶在人生里的象征意义。

看那只黄色的水壶，简直就好像是一双愉快的眼睛。

德国柏林——一块照顾良好的墓地：花影

柏林十字山的这个老墓园，在气氛非常自由轻松的梅林大道上，我真喜欢那条大街，记得很久以前的春天，我走在街边开得沉醉的玫瑰树边，忍不住欢喜得要笑起来。夏季到来，黄昏漫长，菩提树散发芳香，街上各种餐馆咖啡馆酒馆，全都是店堂里空荡荡的，人行道的桌椅上坐满了人，生怕辜负好夕晖。这是这一年最后一夕在柏林，我去梅林大街吃晚饭。

走进墓园里看望那十九世纪与二十世纪之交的老墓碑，那里还是我喜欢的宁静与沉寂。挂水壶的架子上，早先那只黄色的塑胶水壶不见了，它的位置上吊着一只红色的长嘴塑胶水壶，还是那么熟悉的安适。

连这个黄昏灿烂的墓园，都是我熟悉的，此时我知道了它的名字，哈尔钦塔楼公墓。过二十年再见，看到墓碑有点碎了，石棺里长出了蓝铃花，菩提树还在原地，只是更高了。这时见到一个由繁盛而长相清纯的花草环绕着的墓地，非常可人。但印象里却没有这个墓。再细细看，那是个年轻女孩的墓，名叫爱丽丝，2006年去世。难怪我没有印象，我上次来这里的时候，她还活着。她的名字没在墓碑上，活生生地让人追着叫："爱丽丝！"也许那个声声唤她的人，就是如今照顾她墓地的人吧，为她放上花，好让夕阳给她的墓碑上印上那么好看的花影。

夕阳长长地从天上来，照暖了她的大理石碑。

我上次来墓园时，2001年的夏天，她应该也在这附近的街上飞快地骑着自行车，要不然正跟朋友坐在露天喝果子露，或者啤酒，就应该为爱情而甜蜜，抑或苦恼。她现在却宁静地面对一丛盛开的花朵，生命并不长久，但是稍纵即逝的却都是灿烂的，爱丽丝啊。

英国伦敦——一座坟墓：死得妥帖

托马斯和爱丽丝的墓坐落在卡尔·马克思的墓碑附近，一小块凉爽的树荫里。那个下午，我已经走过去了，可还是转过头来，去找刚刚从眼睛滑落到心里的那个景象，那情形，就好像有人从身后轻轻扯了我一下。

在伦敦雨后湿漉漉的墓园里，我看到了一座开满了鲜花的墓穴。然后我发现，那是座被打开了石棺盖的旧墓，花朵都是从石棺里面长出来的。

我站下来，遥遥望着，想：那么，那些安分而快活的花，紫色的，浅绿色的，淡黄色的，以及卷曲的常春藤，是从托马斯和

爱丽丝的身体里直接长出来的吗？

托马斯和爱丽丝是谁？墓碑上什么也没说。

想来，他们是两个普通而体面的英国人。曾住在高地门附近。那时，高地门附近是伦敦中产阶级住的地方，环绕着高地门公园的公寓，都不便宜。但可以说物有所值。他们死于十九世纪末的最后几年，世界大战还没有发生过，欧洲大陆的旧世界正繁花似锦。

他们双双去世，合葬在一个石棺中。想来，他们死得心安理得。大概他们应该完成的义务，都完成了。应该有的享受，也都享受过了。他们的孩子们都好，他们信仰的上帝也从未抛弃过他们，弥留的时候，他们亲吻过《圣经》，细细地看过了围绕在床头的亲人们的脸，将干净的双手叠放在胸前，一切井然有序。他们坚信自己是清白的，合上眼睛，就一定会有天使来接他们去天堂。

我不知道他们是谁，但能够感受到，要是没有这样的心安理得，他们的遗骨上，就开不出这样妥帖的花来。

站在墓园的青草路上，望着他们的名字，他们的花，心想，不知道他们的后代看到这样的情形，心中该有多么安慰。

法国巴黎——一座墓碑：青铜的五瓣玫瑰

罗登巴赫的墓在拉雪兹神甫公墓的窄窄路边。拉雪兹神甫公墓是世界上最大的几座有名的公墓之一，从山冈上望下去，层层叠叠好像埃菲尔铁塔上望到的巴黎一般，只是在此静默着的，都是巴黎的永久居民。那时春雨刚停，穿过沉重的云朵的阳光带来了一条彩虹，这时我路过王子高大的陵墓，陵墓上有个非同凡响的亭子，让我想起海德公园里的王子纪念碑。阳光变得猛烈起来，它又带来另一道彩虹。在双彩虹下，我看到了罗登巴赫的墓，一个十九世纪末的象征主义诗人。

那是他的青铜雕像，他的发式看上去有点像巴尔扎克。他闭着眼睛，没戴眼镜，歪着头，看上去应该已经死去了。但青铜的他推开石棺，从里面抬起身来，伸出胳膊，高高的。

因为，他手里擎着一枝玫瑰，著名的五瓣玫瑰。即使已经死去，他还得把那枝玫瑰递出来，才能躺平安息。他手里的那朵玫瑰也是用青铜做的，短短的一枝，看不出有多特别，可对他来说一定是挚爱，重要到他至死不能放手，这是玫瑰十字会的标志。都说这是个古老神秘的宗教组织，与小亚细亚古老的苏菲主义有联系，与欧洲贵族幽暗古老的书房有关系，与信仰的心灵体验有关系，与德国一些古老的教堂地下室里的炼金房有关系。他高擎着的五瓣的盛开玫瑰，代表着一颗放在十字架上芳香四溢的精神世界。

这1898年铸就的玫瑰里，如今盛着一汪2014年的春雨，玫瑰十字会的往事再次在寂静的墓园里闪烁起来，有些人们挚爱的事物就像穿透一切的子弹那样穿透岁月与时代，飞快地击中一些古老的心灵，比如我的。

法国巴黎——一扇长窗：灯影

早春时巴黎下雨，天黑得早，黄昏又冷又长。不过，这才是看博物馆的好季节，如同酷暑时分一样。到巴黎，去看大小博物馆，此时算是最适宜的。

在雨果故居里，站在雨果夫人等丈夫从街角的咖啡馆里写完东西回家的长窗前，看着从那家咖啡馆里，在雨中泻了一地的灯光，心里很是安定。

就好像是在自己家一样。

长窗旁边一长条墙壁，正好挂一幅小肖像。小幅的油画里画着一个秀丽而抑郁的老妇人，如雪的白发。她不是雨果夫人，是雨果的情人。我背后，雨果的书房里还挂着她年轻时的另一张肖像。从那堵墙壁到这面墙，她在雨果家里，一直是个小幅肖像画般的存在。

如今已是故居时代，反正他们全都安息了，恩怨已散，所以肖像挂到了墙上，变成了故事细节。是的，想起来读雨果传记时，字里行间的绯闻故事。这许多年后，在他家里得到了一份切实的证据。勾连起来，连读雨果传记的年轻时代也顺带想了起来。那时我家两窗之间的窄长墙壁上挂了一小幅山水画，是从父母家带回来了。

年轻时看得出，这样也算天长地久的绯闻故事里有浪漫，那浪漫，是和男人们站在相同立场上的共谋。现在，猜度得到里面的审时度势与委曲求全。这是可度人，可度己的女性立场，甘苦自知。

下雨天看博物馆，因为雨的阻力，心静了，便能细观，许多微小而尖锐的收获因此而来。我知道岁月和阅历让我变得讲理了，虽然仍旧吃力，却也能原宥。

站在雨果家的窗前看了一下雨，没想他的《九三年》，也没想《巴黎圣母院》，想的是自己。看到自己的手指搭在雨果夫人的窗棂上，看到楼下方方的院子里有个女人砰地关上车门，在雨中轻快地跑到街廊里，奔向街口咖啡馆在阴霾上午的明亮灯影里，那里现在叫作雨果咖啡馆。

㊁ 答案也总在某个天涯海角等待

柏林。离博物馆岛不远的广场上，新修好的帕加马博物馆里，装着一整个爱琴海旁古卫城里的宙斯神殿。此刻，看着自己写下的这几个句子，我自己也觉得有点不可思议。但这就是地理大发现的时代，西方重要城市里发生的巨大改变，来自东方古老城市里的宝藏，不论是希腊城邦时代的神庙，还是巴比伦的蓝色釉砖大城门，或者是中国至高无上的石头佛像，抑或埃及装在层层木匣子里的木乃伊法老和他们的妻子，以及猫咪。这些古老文明的珍宝，都会以最美丽的形式，出现在欧洲各地的博物馆里，比如柏林的帕加马。

帕加马是个古老的爱琴海边的城市。山顶的卫城，整个罗马帝国内大名鼎鼎。如今，帕加马的宙斯原封不动地，完好的住在柏林。据说一对德国工程师夫妇说服苏丹将这座公元前三世纪的神殿卖给他们，然后，他们将整座神殿打包带回柏林，献给自己所在的城市。柏林市政府在柏林专门为这座神殿造了栋大房子，这栋房子就叫帕加马，算是纪念宙斯神殿所在的城市。

柏林的博物馆里，那些大理石雕像，为纪念一场大战的胜利而雕塑的石像，个个都处在最好的照顾之下，最完美的灯光照亮了它们精美的细节，卷曲的细发，温柔的眼波，隆起的血管，裙裾飘飘，令人不相信那竟是大理石的。这些石像里有士兵，勇士，少年，女神，马匹，天使的翅膀，还有老人，俘虏，橄榄树，和一只猪。希腊雕像在这座古城发生了里程碑式的变化，不光表现希腊诸神，也表现人间万物。

在整个博物馆里，唯一真正属于柏林的，只有那些通向宙斯神殿展厅的大理石的台阶。

长而宽大的台阶，古典舒缓的台阶，干净而令人喜爱的台阶，在通向帕加马神殿的展厅。参观者们在那里坐下，先看说明，或者听讲解器里的介绍。学生们成群结队而来围坐在台阶上，面向站在台阶下的艺术课老师，他或者她，先在那里为他们讲解希腊罗马时代伟大的大理石艺术，罗马帝国连绵不绝的战争。参观完的人也喜欢在那里坐一下，镇定一下满脑子飘浮着的大理石面容。伟大的博物馆总会给参观者留下非凡的饱胀感，看完一个，真的身心皆疲，要是不能坐一下，只怕自己会总有一天，要累死在此。这些人默默抱着膝盖，似看非看地望着远方，神都散了。帕加马到底在哪里？意大利还是希腊，说明上却奇怪地标着土耳其。他们心中忍不住回头去翻检自己中学时代学过的世界地理和世界史。

我也坐过那些台阶。一动不动地坐在那里，心中的自己正穿过纷纷扬扬的地理与历史谜团，和从雅典娜到宙斯以及一个垂死的美少年苗条的身躯，看到了荷马古老的句子：

你到底是谁?

一个厄运缠身的人。

你从哪里来?

一个化为废墟的地方。

身后的宙斯神殿展厅，中央的雅典娜女神像后面，有几张模糊的照片：土耳其的贝尔加马城，山顶上的古卫城废墟，黑乎乎的柏树，模糊的台阶，宙斯神殿的故乡。

土耳其贝尔加马——一座宙斯神殿基座：贝尔加马的台阶

贝尔加马，爱琴海边的东罗马帝国时代的著名城池。秋天艳阳下，城市山顶的卫城只剩下废墟，白色大理石的废墟，雅典娜神庙在这里，只有废墟。图拉真神庙在那里，只有断壁。

站在废墟中，我不知要如何与柏林的帕加马博物馆相比较，爬到山坡上去看图拉真皇帝庙，看到的尽是成排的碎石块，不知是谁的半个大理石翅膀，不知又是谁的一双结实又修长的大理石光腿。烈日下，来不及心疼自己火辣辣的皮肤，倒是感慨多少个世纪的艳阳日日曝晒，这千百年里，大理石的一切都碎了，破了，剩下的，竟然没融化。

走去雅典娜神庙，那可真是货真价实的遗址，只有一些地基，还有一块牌子站在一棵柏树下，好像一个农民在树下避日头。在它的边缘，能眺望到山下的古城笼罩在轻轻的蓝色雾气中，山下保留着《圣经·启示录》中提到过的红砖教堂，如今这里是基督教伟大朝圣路线上的重要一站，信徒们来到这里，在这里轻轻唱一首赞美诗。宙斯神殿在卫城的山坡上俯瞰着山下一个小广场，那里是希腊医药之神诞生之处，一个穿希腊长袍的男人雕像身后，盘踞着一条蛇，它是全世界各地药店的象征。

沿着罗马半圆形剧场的石头台阶一级级往下走，好像走向舞台一样。舞台后堆着一些大理石石柱的废墟，那曾经是舞台两边的柱子。演出希腊悲剧的演员们，当年就在柱子前站定，向剧场高声朗诵着台词。为了试验这世界上最陡峭的罗马古剧场的声音，我站在舞台中央，大声背诵了一句《奥德修斯》。

你到底是谁？

一个厄运缠身的人。

你从哪里来？

一个化为废墟的地方。

我的声音在烈日中飘忽不定，听上去远远比不上在柏林博物馆的台阶上，艺术课老师的声音那样自信与雄辩。但荷马的这些句子曾在这里上演，却是无可争辩的史实。我的声音经过剧场里那些残破但仍旧结实并洁白的石椅子，反弹回来，仍旧柔和清晰。

越过剧场，越过一个漫长的山坡，就能看到宙斯神殿的废墟。理所当然的，那里除了一块和雅典娜神庙一样的木牌子，两棵一样的柏树，还有七级石台阶——这是德国夫妇没有搬走的，原始的神殿台阶。空荡荡的台阶与地基上面撒满了柏树纤细的落叶，像土耳其各地的普通石阶一样。

隔着千山万水和七级公元前三世纪的石头地基和台阶，我看见了柏林的帕加马博物馆里的神像，公元前三世纪东罗马帝国最珍贵的雕像那卷曲的细发，温柔的眼波，隆起的血管，裙裾飘飘。它们与它们，如今永无相逢的可能。2013年，它们静悄悄地

重逢在我眼中，和记忆之中。

这是我学习艺术史与世界史的方式，未能在课堂里，却也能在旅途中。未能努力背诵，却也能永不忘记。那千回百转的历史，在我这里不是课本上的描述，而是直陈面前的实物。它消化了时空距离带来的虚无感，让历史成为有血有肉的个人感受。

这就是为什么要不远万里去找一些台阶。

印度乌代普尔——一支笔：关于细密画的旅程

最先知道细密画就是旧版《一千零一夜》书里插图的正式名称，是在一本一张插图也没有的小说书里——《我的名字叫红》。

读那本小说是在渥热潮湿的夏天，作者来自现代的土耳其，刚得了诺贝尔文学奖。小说里描写的，是一些西亚黝黯凉爽的房间，以及瘦削的男人的手指。借着文字搭起来的想象世界，细密画让我想到了西安郊外那些墓室里的壁画。脸总是侧向一边的白面男人，戴着各种帽子。还有嘴唇又小，又多肉有力的女人。我以为东方的古代，人们长得都是一个样子。那时我虽然通过旅行了解了大部分欧洲的地理和历史，却对古老的东方一团糨糊。光是搞清楚西亚的东罗马帝国和拜占庭，古老基督教与东正教的演变，奥斯曼与突厥以及可萨人，都费劲得很。要等到二十年后，在伊斯坦布尔一个细密画女画师家里吃茶，听她说起，波斯的细密画在十三世纪大发展前，受到蒙古入侵者艺术趣味的深厚影响。所以在古波斯的细密画中，人们的脸才总是扭向一侧，露出一侧耳朵与另外半个面颊。

奥斯曼帝国崩溃后，土耳其细密画作为奥斯曼帝国腐朽精神的一部分，曾在现代化的土耳其遭到清洗。那个土耳其努力在艺术上擦洗细密画笔法的入欧时代，正是她年幼好奇的时候。她从家庭老师那里悄悄学到细密画基本的笔法，因此去了东京学习东

方艺术。是的，她在东京成为一个细密画画家。也是在那里，了解到波斯细密画与长安人物画之间的渊源关系。而我，则是在她家的土耳其腰形玻璃茶杯前大吃一惊的。

她用来画细密画的笔，是在油画刷子的笔杆上按上一小撮骆驼眼睫毛的样子，依稀有点像毛笔，但笔锋比毛笔要硬些，也细一些。我认得这种细密画的画笔，与拉贾斯坦邦的莫卧儿细密画作坊用的笔一样。

仗着自己十七八岁学过素描的底子，我去拉贾斯坦邦的莫卧儿细密画作坊学细密画。师傅送了一支一模一样的笔给我。在塔尔沙漠旁边拥挤逼仄的中世纪老城市里，细密画作坊里，画师们都是面容黝黑的男子，席地而坐，背靠在一张木板作画。每个人有自己的木头靠背，可以根据自己后背的需要调节到最合适的角度。师傅告诉我要盘腿坐下，这是一种画师用的瑜伽姿势，可以养眼。上午画完，要赤脚到潮湿的青草上走一走，汲取自然的能量，保护自己的眼睛。

西亚的历史绵长血腥，波斯细密画渐渐衰落，由莫卧儿细密画接棒。如今在拉贾斯坦邦的古城里，保留了五种不同流派的细密画。在这里，细密画里的人物将脸完全转向了侧面。沙漠里植物匮乏，所以莫卧儿细密画里，出现了许多想象里优美的植物与花朵，长白色百合花的地方，在拉吉普特人看来即是天堂。天神们按照印度的样子长出蓝皮肤，仙女们则拿着一支飘飘摇摇的拂尘。拉吉普特的王公手里总拿着一朵小花骑在骏马上，而皇后们则在耳朵后夹着一朵花，盘腿坐在菩提树下。在拉贾斯坦邦学习画一只大尾巴孔雀的时候，我才知道，在西亚的大沙漠里，细密画渐渐在地理上靠近中国，却在艺术上更加伊斯兰化了。

师傅不多说什么，就是让我照着他的笔法画画。画一头大象，一只孔雀，一个拿拂尘的仙女。让我隐约想起少年时代读《一千零一夜》时的情形，身上缀满红宝石的印度王子，夜晚的花香。画完了，师傅拿过去修了下仙女裙子上的线条，简单的长线，我的浮胖，他的飘逸。然后沿着摩挲得锃亮的小桌面推回来。

我在旅行多年后渐渐发现，旅行中那些不能忘记的，总会在什么时空里再相逢。旅行因此渐渐不再是一条条直线，而变成一个个圆，句号那样的圆。

“我家也有一支这样的画笔，来自乌代普尔。”我对土耳其的细密画家说。她高高扬起双眉。

她告诉我，现在细密画最有生命力的地方是在塔尔沙漠的西端，巴基斯坦的细密画学院里聚集着许多年轻人。战火初歇，那里的颜料还是本地出产的矿石。那里的人脸开始转向正面，护照照片的角度。

我现在还不知道，这是不是我某次旅行的目的地。

法国巴黎——一扇长窗：安心路过

黄昏时还在下雨。去餐馆吃晚饭，路过卢浮宫。雨天，天暗得早，而且快，走过玻璃金字塔的那点点工夫，眼看着卢浮宫里的灯光变得越来越明亮。等从广场里拐出来，沿着卢浮宫的墙沿走，望得见大窗子里明亮温暖如春阳。

从大窗子里看到希腊石像脸上若有若无的微笑，还有斯巴达战士胸膛上的肌肉，女神背上的翅膀，腹前飘拂的亚麻长衫，以及公元前七世纪至今都未曾腐坏的葡萄，和玫瑰。

灯光明亮的卢浮宫里，陈列着四十万件这样的珍宝。我似乎能听到宽条的打蜡地板在别人脚下吱呀作响，我似乎能闻到博物馆特有的那种干燥又镇定的空气，我似乎能看到无尽的长廊，一进接着一进，波斯地毯，希腊雕像，巴比伦的石头浮雕，荷兰油画，意大利的圣母们，东方人物总是侧着脸的细密画，无尽的人类心灵与精神世界的名贵出产。我第一次走进这里，是三十五岁那年的春天。我在那里走来走去，来不及休息一下，心里想，我总有一天要死在博物馆里。向前一扑，直接倒地而亡，我不是累死的，而是被这些小心收藏着的，来自世世代代人类心灵的精美物件活活撑死的。

在雨中一一走过卢浮宫的窗前，好像一一走过那些消失的时代和国度，它们遍布在世界地理的各个角落，它们出现在人类历史的各个时期，但如今都集中在卢浮宫灯火明亮的房间里，共同建立起一个人类精神世界的模样。

我发现自己似乎非常安适地在它们的窗外经过，在早春的雨里。这种安适让我回想起小时候走在健康强大的父母身边的感受。确信自己就在人类共同的精神家园旁边，自己沾满雨水的鞋子就反射着那个世界的明亮光芒，原来就像孩子将自己的手塞到父母温暖的大手里一样，有无限的信任。

印度胜利堡——一块石雕：坐看云起

这是一座废弃的皇宫，阿克巴大帝的宫殿。

这个十六世纪的莫卧儿皇帝是个开通的人，为了表达自己的宽容，他不光娶了一个穆斯林皇后，还娶了一个基督教皇后，以及一个印度教皇后。他的宫殿里，不光有阿拉伯的几何图形，也有印度传统的大象浮雕，还有一处庭院，是用印度侍女为活人棋子的国际象棋盘。这里除了不远处有个著名印度苏非契斯提圣人的清真寺，那是阿克巴大帝心爱的契斯提道场，大殿的广场外还有一个玲珑的小亭子，专门给为政事看天象的星象师。

气象万千的胜利堡，因为造在没有水源的山坡上，十二年后被弃用。当我在过了五个世纪后到达法特普斯克利，那里已是联合国的世界文化遗产，但也是一座严格契斯提化的伊斯兰小城。黄昏时分，人们聚集在契斯提圣人的墓前演奏苏菲圣乐，妇女们前来请一条红棉线缠在手腕上，祈祷与当年的阿克巴皇后一样，顺利怀孕。

我找到了阿克巴大帝当年用的书房，在宫殿广场的一角，遥遥对着主殿，远离后宫。那玲珑凉爽的红砂石书房有种不可思议的熟悉。虽然室内的家具已荡然无存，但我的身体一旦静下来，还是能感受到，面北向南的一边，放张长长的花梨木书案正好合适，后面可以置上一排花梨木的书架。门旁边的那块地方，正好放下一排搁宝架，陈列小巧的书房玩物，比如玉做的如意，白瓷的笔洗，琉璃的鼻烟壶，竹雕的镇纸，象牙的八仙彩雕像，这就是个中国文人书房的传统空间。

窗下的红砂石浮雕实在很眼熟。这个布局，花的姿势，鸟的样子，俨然是一幅中国花鸟画的布局，在江南大宅子里雕刻在木头门窗上面。

想来这是由十六世纪沿着丝绸之路西来的中国工匠的手艺。如今浮雕上的鸟头都被铲去，因为伊斯兰不允许偶像的存在，于是，这个伊斯兰小城里的人们修正了莫卧儿皇帝私人书房的趣味。

这样的残破如拼贴一样呈现出了历史的丰富与多元，就像棋盘庭院里如今长到脚踝处的野草，仕女塔楼如今长风流转的空旷，圣人白色的石头陵墓一样，斑驳陆离，这才是我心目中遗产应有的残旧之气。

澳大利亚墨尔本——一兜植物：澳大利亚草

在墨尔本公园的暖棚，带着温度和水汽的气闷里，突然看到一片带有花纹的草，那么熟悉，好像有瘪凼的铁皮铅笔盒，好像被当成书桌的蝴蝶牌缝纫机，好像带有短波的黑色收音机，好像七十年代后期那些散发着树木森然凉气的寂静夜晚，打开的顶楼

木窗外，遥远地传来经过城市边缘的火车的汽笛声，好像我母亲种满各种植物的阳台，橡皮树，米兰，蟹脚莲，紫叶，春天时阳台上常充满肥料的臭气，母亲沤了一瓦罐的臭豆子。

我家所有的藤蔓植物，都是我母亲最心爱的，金边吊兰，黄绿相间的阔叶吊兰，还有这样带有淡红色或者深紫色花纹的热带草。它们使得阳台带有异国风情，因为这些藤蔓植物，都是远洋船员回国时偷偷带下岸来的。它们很奇异，但却短命。勉强越了一季冬，却失去刚来时的硕壮，变得瘦小干瘪，精疲力竭，颜色也淡去了。母亲总是不等它们死去，就铲除了它们。那时，她穿着宽大的府绸睡裤，蹲在阳台的空地上清理花盆，一言不发。

直到此刻，我才知道，那些记忆中阳台上带有花纹的草，是来自澳大利亚。

我少年时代最心爱的短波电台，是澳大利亚之声。我在夜间短波的沙沙声里，第一次听到邓丽君和刘文正的时代曲，第一次听到有个温厚的男声朗读《圣经》，那是我少年时代最为具体和遥远的世界，在我身旁的阳台上，静静伫立着澳大利亚来的草。

人生真是一幅渐渐显影的图片，直到此刻，我才知道，很久以前的少年时代，我与澳大利亚这样邂逅。然后，在这陌生的地方，会因为偶尔进入了一个暖棚，而唤醒了少年时代的记忆，那时，我是一个热爱写作的少年，但从未意识到，自己的一生将要在职业作家的生活中度过。

土耳其以弗所——一座山丘：马利亚是怎么死的

在遥远的1996年，我和我的孩子坐在曼哈顿圣帕特里克教堂凉爽的石头台阶上，嘴里嚼着欧亨利小说里提到过的桂皮糖花生，曼哈顿大街上的传统食物。那一年买桂皮糖花生的小贩仍旧如欧亨利在二十世纪初描写过的一样，站在摩天大楼笔直的阴影里。那个凉爽的八月夏日，我的孩子八岁，瘦小的个子，娃娃头。她突然望着人群熙攘的街道，想象自己的将来。她说自己将来要当一个玩具设计师，工作就是玩，玩就是工作。

曼哈顿的圣帕特里克大教堂很有名，我们吃完三角纸包里的花生就走进去。

与这世界上大多数天主教堂一样，墙上挂着耶稣的事迹，背着十字架，荆棘刺破了他的额头。抹大拿的马利亚站在十字架下。圣母马利亚抱着她从十字架上放下来的儿子，满面都是哀戚。圣坛旁边的小教堂里，摇曳烛光里站着穿了天蓝色长袍的马利亚，怀里抱着一个头上有圈金光环的孩子，那是小时候的耶稣。

那是她第一次进教堂，紧紧拉着我的手。那次通过这些画，她知道十字架上的人是耶稣，他是被钉在十字架上的。走到圣母

面前，她突然问，

那么圣母是怎么死的呢？

《圣经》故事似乎没说到圣母的以后。我的孩子去问在教堂里执勤的义工，那是个中年妇女，不知为什么这个问题让她不高兴了，她在满脸冰凉的微笑里瞪着眼睛说，

孩子，你得到主日学校来学习。

我们此后一起去过许多教堂，但始终没弄明白圣母在埋葬了儿子后的生活。

岁月来到2013年，日子就像在沙漠里打翻一罐清水一样迅速地无影无踪。我的孩子已经长大了，真的成了设计师，苹果的设计师。在这个触摸屏的新时代，如果把苹果产品看成是新一代玩具的话，她也算实现了娃娃头时代对自己人生的期望。我给我的孩子打电话时，有时能听到她在路上走路的声音，高跟鞋的细跟清脆地敲击在地面上。

爱琴海边的土耳其在九月的夏末仍旧艳阳高照，比八月的纽约还要干燥炎热。我在古城以弗所，四周都是坍塌的大理石圆柱，被古老的地震震裂开来的石像。路过荷马使用过的淡黄色大理石的古老图书馆，路过一条连接着爱琴海和以弗所罗马剧场的笔直大道，在路过一片荒地，就能看到一座古老的圣母马利亚教堂，教堂早已塌陷了，残留的石墙上有教皇奉献的一个小十字架，向马利亚致敬。从那里望向环抱以弗所的山，浓荫密闭的山冈后就是圣母隐居的小屋。

我向山上去，经过一尊戴皇冠的马利亚的铜像。在山冈后，经过一块林中的空地，那里有一尊带着鸽子的圣约翰雕像，在那里听说，耶稣死去后，圣约翰和圣保罗陪圣母马利亚来山中隐

居。越过林中空地，靠近山崖的地方，一条古老的泉水边，有一座小而矮的石头房子，那就是圣母终老之所。在林中远远看到山谷下以弗所古老的城池，在圣母的时代，它是爱琴海边最繁荣的城市，夜夜笙歌。

大树遮尽了阳光，小屋子里只是宁静。在笔直向上的烛光里看到马利亚的画像，我似乎这时才懂得，她大大的黑眼睛里不光是温柔，还有深深的哀伤。这是个死去了孩子的母亲，独自躲在这里。每次当看到约翰来探望她，她大概都会想起自己在十字架上的孩子吧。在西班牙教堂的古画里，我见到她将孩子生在马槽里，在意大利教堂管的古画里，她抱着襁褓中的儿子在橄榄林中夜奔而去。到了俄罗斯的古画上，她已从十字架上迎回自己遭受酷刑的儿子。她总是颠沛流离，然而还是心碎。

我耳畔突然响起我孩子小时候的声音："那么圣母是怎么死的呢？"

孩子，你童年时代的提问如今有了回答，就在圣母住过的小屋里：我想圣母是伤心寂寞而死的。

多年前在曼哈顿的教堂里，人们不能在教堂里点蜡烛。如今

我在圣母小屋外，为圣母点了一支细长的白蜡烛，祈祷她在天堂里已与自己的孩子长长远远地团圆，再不用伤心和担心。

生活总是这样，有时一个疑问留在心中许多年，但终于会有一天，在天南地北的什么地方，心中的疑问会同与之匹配的答案完美相逢，就像一只玻璃瓶终于遇到它的瓶盖。

在这篇文章结束一个月后，我又开始旅行。

2014年第一片雪花飘落在塞尔维亚中部的群山之中时，我去探访一座大山深处的12世纪东正教修道院。大多数塞尔维亚修道院的古老教堂都失修，但这座世界文化遗产，由于被世人称为乔托之前的乔托，壁画博物馆而得到联合国的拨款，得到细致的整修。在正对圣祭坛的墙上，赫然出现了圣母升天图——这是一幅描绘马利亚如何去世的壁画——她的儿子在最后时刻来到她身边，他怀抱着一个白布包裹的婴儿，象征着马利亚纯洁的灵魂，犹如新生婴儿。十二世纪的修士在塞尔维亚优美寒冷的摩拉瓦河谷深处的修道院里画画时，他并不知道几千公里之外的拜占庭古国的山坡上，马利亚死在一座小石屋里。

所谓世界总是圆的，有缘重重相逢。

结语

中国上海——一块银幕：当细节涓滴成河

少年时，时间很长，因为成长总是很慢，一切似乎静止不动。到了大学毕业，人生便一步登上加足油门下坡的车子，只管飞速而去。我这样二十几年做长途旅行的人，也不过到达过这个世界的某些角落而已。但我对世界的兴趣也并未由于那些旅行而消散，反而变得地理感受复杂，常常交织各种眷恋。有一天在维也纳，阴雨，礼拜天，忧郁，所以我去看了一个法国电影，《情人》，在那里跟着法国人的银幕，被德文的字幕打扰着，去到殖民地时代的越南，看到餐馆的桌上出现了一只铁锅，里面煮着酸菜鱼，隐约的红辣椒。

当旅行的年限长了，人的心会变成蜂窝状，情绪像蜜蜂那样忙碌。有时蛰人，但有时也为你在心中酿出沉甸甸的蜜糖。

渐渐的，当我选择电影时，不再以导演与故事为标准，而是以地理背景为标准，银幕带我返回那个堕入回忆与相片中的世界。那些我曾熟悉的细节，在别人眼里呈现出的既熟悉又陌生，世界变得非常多元并开放，那感受好迷人。

第一次被它迷住，是从布拉格回来后看《浮士德》。大木偶戏的浮士德故事发生在自由了的布拉格，被自由的资本主义社会抛弃的旧木偶戏演员们的生活，失落，诗意，神秘的怨怼之气诞生了故事的线索。被关在老公寓地下室里的木偶突然冲出沉重的木头门，来到大街上。大街上阳光眩目，人们以一种资本社会冷静而精明的快步子经过，阳光灿烂之处，有来自西方世界甜蜜的和路雪冰激凌。

我仿佛回到在布拉格老公寓的门厅里。高大的门厅，幽暗的光线，曲线向上的楼梯扶手，脚步声在楼梯间里响亮地回荡着，这时推开大门，它沉重得需要加上整个身体的重量才能一下子拉开它。有个礼拜天的早上，我打开大门的那一瞬间，听到教堂的礼拜钟声的回荡，还有街边烤肉肠的香味。

我知道电影里街道上洒下的眩目阳光，除了它的象征意义外，更来源于布拉格老公寓门厅里那种传统的幽暗。

在眩目中能看到门上有人用白粉笔画了一个十字，那是来自《圣经》故事的庇护十字，表示这里住着信仰天父者。粉笔十字银幕上一晃，它却让我几乎回到我曾住过的那条街上。更多的细节蜂拥而至——楼道里传出的《嘿，裘德》，我窗子直对着的深夜亮着灯的厨房，红色的碗橱。橡树伞般的古老枝条。电影让我回到旅行中，我一直都不知道自己记得这样清楚，甚至，我都不知道自己曾见到过。

有时富有细节的旅行，是以这种方式长久地继续着，好像门厅里硬底皮鞋的笃笃声，回荡在整个布拉格老公寓的楼梯道里一样。

已经存储于心的细节，有时能如向导那样，带我在电影里打捞起更多能握在手里的细节。

我见识了许多种日常生活里的小动作，在表现世界各地生活的电影里。

比如我看到伊朗人早餐吃的馕，阿拉伯世界最日常和重要的食物，不像新疆人吃的馕那样边缘变厚，好像意大利人的披萨。伊朗的馕更像印度人做的那种长而软薄，但伊朗的馕硬些，所以家庭主妇在餐桌上给家里人分馕的时候，不用刀切，不用手撕，而是用一把大剪刀，像剪布一样剪成一块块的。在印度人们总是用手撕下一小块馕，拉拉周正，用拇指与中指团起来包住咖喱鸡块，或者咖喱牛肉块，用来裹豆子酱也很好。说是用手吃饭，可手指一点也不沾菜，一餐饭吃下来干干净净。

比如日本京都的舞伎，古老的化装方式，是把脸涂得很白，但白脸和发际之间保留了一小条自然的肤色，并不全涂没，所以那张化好装的脸，更像一张有温度的面具。

爱尔兰和苏格兰的风都很剧烈，女人的头发总是被风扯到半空中，因为那是在大西洋沿岸的风带上。所以那里女人们最习惯的动作，是双手交叉抱在胸前，把一件披肩或者一件开衫紧紧裹在身上。而泰国电影里的女人们从不做这样的动作。她们总是微笑，好像菩萨一般永恒的微笑，越是悲伤的时候，越是微笑。看到她们那样的微笑，我总想起泰国国家旅游局在推广泰国时的句子：泰国人民在自己匮乏的时候反而会更多地给予，在自己悲哀的时候反而要不停微笑——神奇的泰国啊。

这些数不胜数的小动作，小习惯，在我面前的银幕上自然而然地呈现出来，好像我在钥匙孔里窥视到的那样。那些小动作都是电影里连细节都称不上的东西，导演和演员都会忽视的细小之处，与故事和人物阐述无关，可正是因此它们最为自然，最为从容，最能引导我。

在电影里我也见识了各种各样的语音，从各种国家演员的嘴唇里自然而奇特地吐出，那些我从未发音过的声音。丹麦语有些音节听上去好像鱼在水里吐泡泡。挪威语的有些语调让人想象粗犷的维京海盗，和冰块衬托着灰色波涛的大海。京都方言和日本其他地方的方言不同，在于它的声音在计算机上呈现出来的曲线，是均匀的波纹，而不是其他地方语音呈现出来的锐角线。

同样的英语，澳大利亚英语的发音似乎总是把a发成ai。说这种话的人，显得整个下颌很松弛。而印度人说话速度很快，舌头很薄，他们说话时候总微微晃动着脑袋，大眼睛波光流转，令人相信他们这个民族，耳朵里的迷路神经系统生来就非常稳定，怎么晃也不会头昏。

还有文字！韩文让人想起残缺的中文，只是多了许多圆圈。希腊文让人想起初中时代学过的数学符号。德文在字母上端有一些小点点，而土耳其文则是在字母下方有些小逗号，它们都标识重音所在。阿拉伯文好像蛇行过那样卷曲向前。这些林林总总的文字都是在影片最后的演职员黑字幕上见识到的。日本人写毛笔字，比中国书法里的和煦妩媚，有种统一的沉重决绝，和古朴。就连小孩子学写的大字都不轻盈。在电影院的黑暗里，我想起了自己小学时代的描红簿，我描过的大字总是清秀的柳体，撇捺之间，讲究的是细细地运气，控制蘸饱糯米墨汁的笔锋写出由粗至细的完美。

人类的语言大都发生在同样的年代，只不过，不同的地理赋予文字诞生不同的时间和形状。读到不同的文字，心中的感受，总是像发现熟悉的身体上新长了一粒褐色的痣那样，既觉得理所当然，却又总是有些意外。

在电影结束，终曲袅袅不绝的时候，黑字幕上出现来自故事发生地的一排排文字，那是当地人的名字，和文字，呈现出的疏离又不绝的动人关联。电影的确不是旅行，但当旅行中的细节已在记忆中涓滴成河，从细节到细节，黑暗的电影院也会变成在另一个时空中的旅行。

图书在版编目(CIP)数据

我的旅行方式 / 陈丹燕著. -- 杭州 : 浙江文艺出
版社, 2015.3
(陈丹燕 · 旅行汇)
ISBN 978-7-5339-4178-9
Ⅰ. ①我… Ⅱ. ①陈… Ⅲ. ①游记-作品集-中国-
当代 Ⅳ. ①I267.4

中国版本图书馆CIP数据核字(2015)第029831号

我的旅行方式
作者: 陈丹燕
策划: 曹洁
责任编辑: 颜颖颖
装帧设计: 杨林青
出版: 浙江文艺出版社
地址: 杭州市体育场路347号
网址: www.zjwycbs.cn
经销: 浙江省新华书店集团有限公司
印刷: 杭州富春印务有限公司
版次: 2015年3月第1版 2015年3月第1次印刷
开本: 880×1230 1/32
字数: 162千字
印张: 7.5
书号: ISBN 978-7-5339-4178-9
定价: 39.00元